I0666587

Y2 74262

copenhague
1771

Wieland

Endymion

conte comique

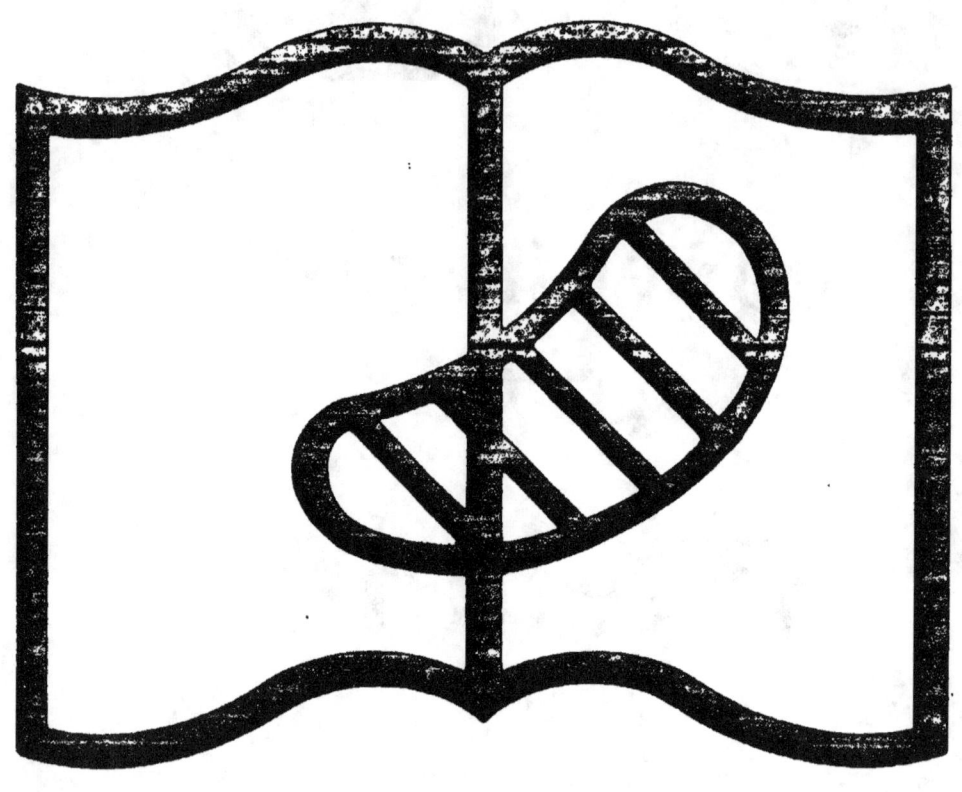

Symbole applicable
pour tout, ou partie
des documents microfilmés

Original illisible

NF Z 43-120-10

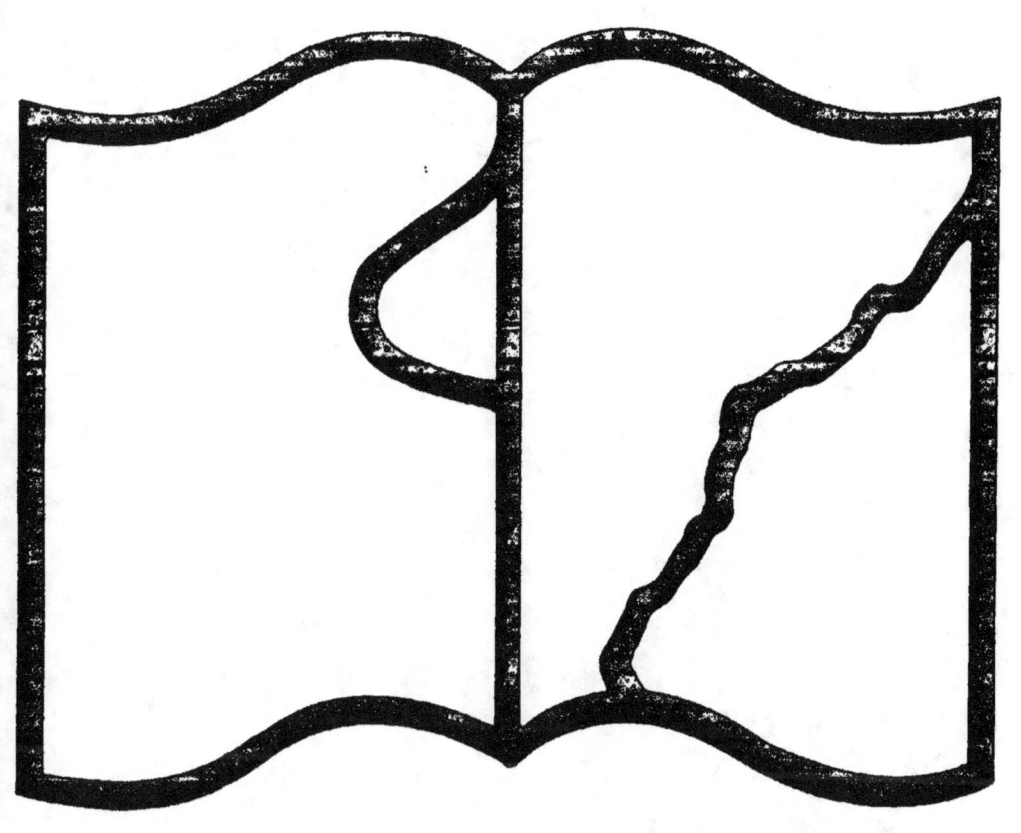

Symbole applicable
pour tout, ou partie
des documents microfilmés

Texte détérioré — reliure défectueuse

NF Z 43-120-11

CONTES

COMIQUES,

TRADUITS DE L'ALLEMAND,

PAR MM***,

1959

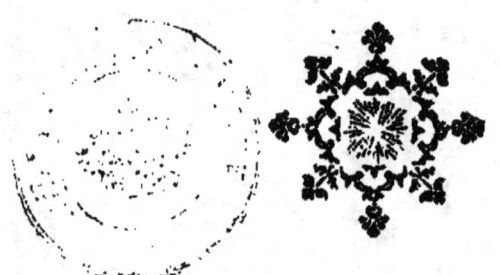

A FRANCFORT,

Chez François VARENTRAPP, Libraire:

Et se trouve A PARIS,

Chez FÉTIL, Libraire, rue des Cordeliers, près celle
de Condé, au Parnasse Italien.

Et A CHALONS sur Saône,

Chez DELIVANI, Libraire.

M. DCC. LXXI.

ENDYMION,

CONTE COMIQUE.

ENDYMION,

CONTE COMIQUE.

A COPENHAGUE,

Et se trouve a PARIS,

Chez FÉTIL, Libraire, rue des Cordeliers,
près celle de Condé, au Parnasse
Italien.

M. DCC. LXXI.

ENDYMION,
CONTE COMIQUE.

Dans ces tems heureux qui ont fourni
à nos nourrices le sujet de tant de jolis
contes ; dans ces tems où l'oisiveté n'étoit
astreinte à aucun devoir, où chacun se
contentoit de ce que la nature fournissoit
volontairement, où aucune fille ne filoit,
aucun garçon ne conduisoit la charrue ;
dans ces tems où bien des choses, que les
moralistes proscrivent aujourd'hui, étoient
permises ; avant que la différence des con-

ditions eût changé les freres en rivaux :
enfin , dans le siecle d'or , où la nature ,
sans être asservie à aucun joug , donnoit
des loix d'où découloit le bonheur du
genre humain ; dans ces tems où le monde
étoit encore dans l'enfance, où toutes le*
créatures ne respiroient que la gaieté , il
y avoit dans les vallons de Latmos un
jeune berger, beau comme Narcisse et
Ganymède , mais beaucoup moins indifférent que le premier , et bien plus hardi
que le second.

Il suffit de savoir qu'Endymion étoit charmant , pour penser , d'avance , que les
filles le voyoient avec plaisir. On peut affirmer qu'elles ne cherchoient pas à l'éviter. La chronique dit, là-dessus, beaucoup
plus de choses, que les Muses seules n'auroient pu m'en persuader. Les Nymphes
se disputoient à l'envi le cœur d'Endymion.
Par-tout où il portoit ses pas , elles al-

loient au devant de lui, se donnoient la
main, et lui opposoient une barriere. Elles
s'amusoient à lui jetter des fleurs ; puis
elles s'enfuyoient, se cachoient derrière
le buisson le plus voisin, &c. Dormoit-il ?
Elles le considéroient attentivement : elles
épioient tous les mouvemens des muscles
de son visage. On prétend, même, que,
lorsqu'il se baignoit, il n'étoit pas toujours
sans témoins. Dès que le jour commençoit
à paroître, mille mains, plus belles les
unes que les autres, s'occupoient à dépouiller la campagne de son plus bel ornement. Pour plaire à ce berger, toutes
les Nymphes se paroient, ou dans la forêt,
ou sur le bord d'un ruisseau. Celle-ci se
baigne, celle-là tresse ses beaux cheveux,
l'autre les laisse flotter au gré des vents.
La belle Damalis, inclinée sur un cristal
fluide, se contemple, se sourit à elle-même. Que d'objets lui assurent la victoire !

Une bouche qui appelle le baiser, un cou
de lys, des yeux étincelants, un front se-
rein, des fossettes aux joues, une gorge.....
le séjour du vrai plaisir. Léda avoit-elle
plus de charmes, lorsqu'elle fixa son beau
cygne ? Cependant Damalis tremble, et
ce souhait lui échappe : Ah ! puisse Endymion me trouver seulement moitié aussi
belle que je le suis ! On regarde la beauté
avec surprise ; mais il n'appartient qu'aux
Graces d'enchanter. Junon, Minerve, n'é-
toient-elles pas belles, lorsque Jupiter élut
Pâris pour être Juge de leur différent ? On
sait qu'afin de prévenir tout soupçon désa-
vantageux, elles se montrerent à leur arbitre
dégagées de tout ajustement formé par l'art.
Le berger promena long-tems ses regards
incertains d'un charme à l'autre ; et, à
chaque instant, une nouvelle découverte
détruisoit la résolution qu'il avoit formée.
Tout ce qui caractérise la beauté des trois

Déesses

Déesses lui paroît accompli. Rassemblées, il ne trouve en elles aucune différence. Seules, chacune l'emporte, à son avis, sur les deux autres. Qui pourra donc le décider ?.... La majesté de Junon ?.... La dignité de Pallas ? — Non, ces qualités n'inspirent que du respect. Il faut qu'un charme plus puissant fasse pencher la balance. Le rire enchanteur de Vénus peut seul le déterminer. Avec le baiser le plus piquant, il donne la pomme à cette Déesse.

Ainsi la douceur agissoit souvent sur notre berger avec plus de succès que la beauté fière. Un sein qui palpite paisiblement, des joues pâles acquièrent par de tendres efforts, par une douce langueur, mille petits droits sur son âme. Comme toutes les Nymphes s'empressent à le combler de caresses ! L'une attache un ruban au cou de son agneau. L'autre pare son chapeau et sa houlette. Les champs et les forêts sont dépouillés des fleurs que le printems y a fait éclorre. Dort-il ? Elles veillent pour que rien ne trouble son sommeil. Elles élèvent des cabinets de verdure par tout où il a coutume de mener paître son troupeau. Il aime les chansons, et les échos d'alentour répètent les plus jolis airs du Pays. Les plaisirs de la journée se terminent par des jeux et des danses ; et, quand le coucher du soleil avertit que l'on doit se séparer, il s'endort paisiblement sur un lit de roses. La lune se lève, il faut se retirer. Elles lui tendent la main. Elles lui souhaitent mille fois une bonne nuit ; et, parce qu'il tarde quelque tems à s'endormir, il y en a toujours une qui reste pour lui réciter un joli conte. Hélas ! le bonheur, dans ce monde, n'est jamais durable !

Le berger étoit content. Les Nymphes étoient satisfaites. Ils vivoient, ensemble, dans les plaisirs et dans l'innocence. Mais Até oublia-t-elle jamais de compenser une légère satisfaction par un chagrin cuisant?

La Reine des Nymphes apprit, on ne sait comment, peut-être par un Faune espion, peut-être, aussi, par quelque vieille bergère à qui les folies de la jeunesse déplaisoient, parce qu'elle-même ne plaisoit plus, tout ce qui se passoit entre les Nymphes et le berger Endymion.

On connoît la sévérité de la belle chasseuse, qui, de toute la troupe céleste, étoit, sans contredit, la prude la plus déterminée. Aucun mortel, aucun Dieu ne pouvoit émouvoir son cœur. Ce qui flatte les femmes les plus dédaigneuses, comme de mener des cœurs en triomphe, sans avoir succombé, ne pouvoit, même, satisfaire sa fierté. Il ne falloit que jeter un coup-d'œil sur elle, pour exciter son courroux. Actéon, qui ne l'avoit vue, au

B ij

bain ; que depuis le sommet de la tête jusqu'au nez, fut changé en cerf. Cet exemple inspira du respect aux Satyres les plus hardis. Zéphire, même, n'osoit la rafraîchir.

Rêver à l'Amour étoit un crime énorme aux yeux de Diane. Minerve ne porta jamais si loin ni la pruderie, ni la haine pour les hommes.

On devine dans quelle fureur la foiblesse des Nymphes devoit l'avoir jettée. Son sang en fut agité avec tant de violence, qu'elle ne se reconnoissoit plus. Ses sujettes ne l'avoient jamais vue dans une telle fureur. Si Calisto eut de la foiblesse, ce fut pour un Dieu. Cette excuse est mauvaise ; mais elle tempère l'énormité de la faute. Succomber sous les traits d'un simple berger : voilà le comble du crime.... Un ordre enjoint aux Nymphes de toutes les forêts, de comparoître en personne. Aa-

cuñe ne se hâte d'arriver la première
au lieu désigné. La Déesse, appuyée sur
son arc, leur lance des regards mêlés de
courroux et d'indignation. Elle ne voit
dans le cercle qui l'environne, que des vi-
sages couverts de honte et de confusion.
N'espérez-pas, leur dit-elle, vous sauver
par un mensonge. Si celles qui sont coupables ne conviennent, sur le champ,
de leur faute, le Dieu de Delphes me
les nommera. Plus vous retarderez l'aveu
que je vous ordonne de faire, plus vous
serez criminelles. Ainsi, que celles qui ont
failli, laissent vite tomber leurs voiles ! Elle
dit, et . . . . qui l'auroit cru ? . . . Diane dit,
et . . . . tous les voiles tombèrent.

Quel bruit fit alors la Déesse, tandis
que le malin fils de Cypris la regardoit
du haut d'une hue en éclatant de rire.
Comment, lui cria Diane courroucée,
(mais son courroux ne faisoit qu'augmenter

ses charmes), comment, petit coquin, c'est toi qui as causé ce désastre, et tu viens encore t'en applaudir, me braver! Je sais que tu te vantes d'avoir subjugué tout l'Univers; je sais que tu as allumé dans le cœur de Jupiter des feux illicites; que, privé de sa majesté, le pere des Dieux surprend, à ton gré, la simplicité des Nymphes, tantôt comme cygne, tantôt comme Satyre, tantôt en habit de berger ou de chasseur. Mais ne présume pas trop de ton pouvoir! Il n'y a aucune gloire à vaincre celui qui s'empresse à rendre les armes. C'est sur moi, qui me moque de tes traits, que tu devois les lancer. Je te défie, devant mille témoins. Tes fléches seront émoussées avant de m'atteindre. Tu ris? Essaye sur moi ce que peut ton arc! Il me semble qu'il te sieroit beaucoup mieux de venir ici armé d'une sarbacane que d'un carquois. Cet ornement

n'est dû qu'aux enfants de Latone. J'ai
envie de te renvoyer désarmé, et de te
couper les aîles, puisqu'elles te facilitent
le moyen de faire des malices..... Mais,
non. Va, et ne trouble plus le repos qui
règne dans ma forêt. Hâte-toi de regagner
ton île chérie. Là, tu pourras, à ton gré,
jouer à colin-maillard, sur des lits de roses,
avec les Graces et les Zéphyrs.

La Déesse dit. Le petit Amour sourit, et
ne répliqua pas. Sans être ému, il tire,
par hazard, la fléche la plus aiguë de son
carquois ; mais, comme s'il s'étoit ravisé,
il la remet aussi-tôt, regarde Phébé, et
rit encore. Que ta vivacité te donne de
charmes, lui dit-il, en faisant semblant
de vouloir l'embrasser ! J'étois prêt à te
faire sentir ce que peut une piquure de
l'Amour ; mais, par ma mere ! il n'est pas
besoin de mes flèches, pour cela. Jusques
à présent, le cœur de toutes les prudes qui

m'ont fait outrage, m'a toujours vengé. Pourquoi tant de bruit pour une bagatelle? Sois généreuse; et pardonne à ces jolies créatures les petites foiblesses qu'elles peuvent avoir commises.

Les Nymphes sourirent, et Amour s'envola. La Déesse voulut se venger, sur elles, de l'insulte qu'elle prétendoit avoir reçue de l'Amour. Vous êtes, désormais, indignes, leur dit-elle, de me servir. Pour vous punir de vous être oubliées, souvenez-vous que ma lune vous a éclairées pour la dernière fois. Dès que son char paroîtra sur l'horison, je vous défends de parcourir la forêt, jusqu'au crépuscule du matin. Retirez-vous promptement, ou dans vos urnes, ou dans vos creux de chênes, et d'ormez-y pendant que je parcourrai l'Olympe. La Déesse eut à peine achevé de parler, qu'elle alla atteler les dragons qui traînent son char d'argent.

Les

Les Nymphes s'enfuirent plongées dans la plus grande tristesse, mais sans être corrigées.

Le jour fait place aux ténèbres, et tous les Etres qui s'étoient fatigués, se livrent au repos. La vallée et la forêt sont dans le plus grand silence ; les Zéphyrs bâillent et s'endorment au sein des narcisses et des roses. Un jeune Satyre, seul, marche sur les traces des Driades. Au moindre bruit qu'il entend, il avance sa longue oreille, du milieu des buissons, pour attraper quelque jolie Nymphe qui pourroit s'être égarée dans les bocages obscurs. Il parcourt toute la forêt sans craindre de s'égratigner les pieds ; mais c'est inutilement : les Driades sont en pénitence. Le Faune baisse les oreilles et se décourage. A l'arrivée de l'aurore, il retourne, avec plus de sang froid, vers son outre. Pour me pendre, dit-il en lui-même, il faudroit être fou. Noyons dans le vin nos soucis amoureux.

Cependant le char de la Déesse plane déja au dessus de cet endroit, où, à l'ombre du chevre-feuille, les Nymphes avoient préparé pour Endymion, et peut-être aussi pour elles-mêmes, une couche voluptueuse. Que ce berger avoit de charmes ! Adonis étoit moins beau, lorsqu'appuyé contre le sein de sa Déesse, il goûtoit les douceurs d'un paisible sommeil, et que son amante, plongée dans le plus agréable délire, pensoit à des plaisirs nouveaux. Ganymède étoit moins attrayant, lorsque Jupiter le surprit entre les bras de Junon.... Que la rencontre étoit dangereuse ! Le parti le plus sûr pour Diane eût été de fermer les yeux. Elle ne le fit pas. Elle se contenta, d'abord, de jetter sur lui un léger regard. Frapée d'étonnement, elle arrête le vol trop rapide de ses dragons.

Elle regarde encore, rougit, tremble; recule et promène ses yeux timides autour d'elle, pour voir si personne ne l'observe Comme elle est sans témoins, ses esprits se rassurent. Elle dirige peu à peu son char vers la terre. Appuyée sur son bras, elle s'incline jusqu'à la moitié du corps, et s'abandonne entiérement au plaisir de voir, qui, selon Platon, est le seul aliment des esprits purs, dans l'Olympe.

Une robe légerement tissue ne lui laissoit voir que trop de choses propres à fasciner des yeux si peu accoutumés à un pareil aspect.

Une certaine douleur, mêlée d'un plaisir inquiet, agite son sein. Un desir voluptueux et timide s'empare de tout ce qui compose son Etre. Déesse! Qu'est devenue ta fierté? Où sont tes dédains? Puniras-tu encore les Nymphes? La faute qu'elles ont commise.... ne peut-on la pardonner?

La curiosité, dit Zoroastre, a séduit les femmes, depuis le commencement des siècles. On croit qu'un simple regard, lancé de loin, ne tire à aucune conséquence. Méfiez-vous en. Un regard en entraîne toujours un autre. Les yeux ne se rassasient jamais de voir : l'exemple de Phébé en est une preuve.

O vous ! Filles de la sagesse, qui faites profession de la plus grande sévérité, hâtez-vous de fermer ce livre, car je ne réponds pas que les lignes suivantes ne vous fassent rougir !.... Diane..... Non. Pour le monde entier je ne le décélerois pas. J'en serois puni. La fureur du lion et le courage de la licorne sont moins impétueux que la colère des jeunes beautés. Elles se donneroient le mot pour ne me jamais pardonner. Auguste vérité ! pourrois-je, en ton honneur, m'exposer au martyre sur le sein de Chloé ? Ce seroit

trop exiger de moi. Mais, pourquoi tant
de pusillanimité? Les vieilles Fées n'aiment
point que leurs Chevaliers soient si timides. Les jeunes me sauront, peut-être,
gré de ma naïveté. Un lecteur sage, de
quelque sexe qu'il soit, conviendra que
les Contes ne peuvent scandaliser; et Miss
Brigitte .... Eh bien, que Miss Brigitte se
fâche !

C'est l'objet, c'est le lieu, c'est le
tems qui doivent servir d'excuse à ma
Déesse. Son inexpérience porte son pardon. Comment peut-elle savoir que le
sens de la vue soit susceptible d'yvresse?
Elle regarde, et en regardant elle conçoit
le desir de donner un baiser à Endymion.

Un baiser ? Oui. Mais un baiser aussi
chaste, aussi peu corporel que le sont
ceux qu'elle reçoit des Zéphyrs. Elle n'a
que l'idée d'un de ces baisers, dont Ovide,
après une heure d'intervalle, trouva le

vestige sur la bouche de sa maîtresse. Elle craint de s'avouer à elle-même le souhait qu'elle fait. La pudeur la fait rougir. Elle écoute et regarde de tout côté. Un silence profond règne, au loin, dans les vallons et sur les hauteurs. Aucune feuille ne s'agite. Alors, elle s'approche sans bruit, s'arrête indécise, devant le Berger, se détermine, se baisse tout doucement et colle sa bouche sur celle d'Endymion, qui, semblable à une rose, est couverte d'un rouge tendre. Et puis.... Et puis tout étoit achevé, lorsqu'une nouvelle crainte s'empare d'elle. Elle fait quelques pas en arrière. Malgré les précautions qu'elle a prises, ses baisers pourroient éveiller le Berger. Que s'ensuivroit-il? Il faudroit qu'elle lui fît l'aveu de son inclination, qu'elle lui demandât un retour de tendresse ; et peut-être.... O désespoir !... le Berger ne répondroit pas à ses vœux. Diane s'exposeroit-elle

à un pareil affront ? — Que Vénus encoure
de tels dangers, à la bonne heure. Elle
a droit d'amuser les Dieux par ses plaisanteries ; mais moi, qui suis obligée de
faire la prude, je ne puis me laisser surprendre à donner un baiser. Quoi ! Il me
verroit à ses pieds ? L'honneur de Diane
seroit ainsi compromis ? Mais , s'il faisoit, alors, le respectueux ? Bon ! Ce ne
seroit qu'un jeu : on connoît la malice
des Bergers. Une heure après, tête-à-tête
avec une Nymphe, il se mocqueroit de
ma foiblesse ; et celle-ci goûteroit le plaisir de la vengeance. Comme elle s'em-
presseroit à chuchotter mon ignominie aux
oreilles de ses camarades ! L'une en met-
troit une autre dans sa confidence. La
nouvelle passeroit de forêt en forêt. Bien-
tôt les Faunes et les Satyres en seroient
instruits , et en feroient le sujet de leurs
chansons de table. En peu de tems l'a-

vanture exagérée , comme les nouvelles
des Caffés , passeroit jusqu'à la résidence
des Etres supérieurs. Momus en profiteroit
pour faire rire les Dieux dans un banquet ;
et Junon, pour exercer, à sa toilette ,
son esprit caustique.

Ces pensées font trembler et rougir la
Déesse. Son penchant l'entraîne , son devoir la retient. Mais on prétend que le
devoir n'est jamais la dupe de l'Amour.
Un baiser : c'est quelque chose ; mais,
après tout, ce n'est qu'un baiser. Diane
jette les yeux sur son équipage , elle s'é-
loigne , s'arrête , et ne peut se priver de
regarder encore une fois Endymion.

Encore une fois ? s'écrient quelques Ca-
suistes. Eh ! n'est-ce pas risquer tout ? Peut-
être bien ; mais le tems est trop court pour
vous consulter ; d'ailleurs, Escobar est pour
elle.

Soit prudence ou imprudence : comme

il

il vous plaira : il est certain que la Déesse s'inclina une seconde fois, et qu'elle contempla le beau Berger, bien résolue de le fuir ensuite, pour jamais. Cynthie, tu t'abuses ! Elle regarde : il n'est plus en son pouvoir de détourner les yeux : elle oublie de s'enfuir. Une chaleur, qui lui étoit inconnue jusqu'alors, pénètre tout son Etre ; ses yeux se ferment, ses genoux tremblent, elle n'est plus la même, et elle sent, pour la première fois, que sa nature diffère, en certains points, de celle du Berger qu'elle adore. D'abord, elle ne vouloit donner qu'un seul baiser. Actuellement, mille ne peuvent la satisfaire. Une certaine crainte l'agite toujours. Elle veut être en sûreté ; et pour cela, il faut qu'elle ait recours aux jeux de la Féerie.

Par son Art, une vapeur magique, chargée de vertus soporatives, enveloppe son favori. Celui-ci s'étend, allonge une

D

jambe, et s'endort dans l'enchantement.
Diane se couche à son côté. Et pour que
ce sommeil ait quelque chose de plus
doux qu'un simple repos des sens, elle
fait ensorte que tous les baisers qu'elle
lui prodigue soient autant de rêves
agréables.

Endymion voyoit dans ses songes enchanteurs la scène qui s'étoit passée entre
Jupiter et Léda; il voyoit de quelle manière le père des Dieux avoit trompé
Alcmène; comment Vulcain avoit surpris
sa femme dans un filet; comment les Nymphes timides deviennent, souvent, dans
la forêt, la proie des Faunes; comment
elle se débattent, supplient, menacent,
s'appaisent, embrassent et remercient leur
ennemi; comment les Bacchantes, dans
leur yvresse, folâtrent autour du Dieu
du vin; comment le Satyre, d'un geste
furieux, soulève Ménas, sans faire sem-

blant de s'appercevoir qu'elle est nue, et continue de frapper la terre, de son pied, dans une danse sauvage. Endymion voit tout cela, et quelque chose de plus agréable encore. Il se trouve dans un vallon paisible. Une allée d'arbres toufus le conduit à la grotte où se baignent les Nymphes. Diane, même, ne rougit pas de lui voir contempler ses charmes. (Remarquez que tout cela ne se passe qu'en songe.) Quel charmant groupe ! Mille gorges d'albâtre, mille chevelures dorées se multiplient dans l'onde pure ; et les yeux d'Endymion nagent dans un torrent de volupté.

Tandis que le Berger éprouve de si douces sensations, Cynthie peut-elle demeurer à ses côtés sans être émue ? Selon Tibulle, la nature hait l'éternelle uniformité. Homère dit que les Dieux, mêmes, s'ennuyent quelquefois au concert des sphères et aux banquets où l'on verse le

D ij

nectar. Comment Phœbé rassasiée de baisers, put-elle donc échapper à l'ennui?
Elle fit, selon le témoignage du Faune qui
l'avoit épiée, ce que fit la Pénia de Platon
dans le jardin des Dieux. Et que fit donc
celle-ci?... Elle.... Eh! oui.... Doucement! Allez vous-même lire votre Platon;
cela ne se peut dire qu'en Grec. A peine
est-il permis aux Dieux, selon le témoignage d'un ancien Philosophe, d'être sage
et amoureux à la fois. Lorsque le sentiment
agit sur les hommes jusqu'à un certain degré, il leur est impossible de raisonner.
L'objet qui fixe Diane répand une secrette
émotion dans son sang, lui arrache des
pleurs, affoiblit son entendement. Martial
convient que Cornélie mère des Gracches,
ne l'a jamais regardé de sang froid.

Prudes! Que l'exemple de Diane
soit à l'avenir, un exemple pour vous!
J'aurois volontiers passé sous silence la

chûte de cette Déesse ; mais le malin
Faune a eu la cruauté de divulguer toute
cette histoire. Il venoit, comme nous
l'avons dit, de parcourir la forêt, sans
avoir pu déterrer une Nymphe ; et il alloit
regagner son outre, quand, tout-à-coup,
au milieu d'un bosquet de myrthes, il
respire un air épais et voluptueux. Des
soupirs amoureux, de doux gémissemens
frappent son oreille attentive. Le Satyre
étonné s'arrête, et se dit à lui-même : il
doit y avoir ici un couple plus heureux
que moi ; ces soupirs signifient quelque
chose ; par le Styx ! ce n'est pas ainsi que
gémit l'Amour désolé. Il s'avance, doucement, vers l'endroit d'où vient le bruit.
La lumière augmente à mesure qu'il pénetre dans le buisson. Il marche encore ; et
il apperçoit les Dragons qui se meuvent
d'impatience devant le char d'argent. O
surprise ! Diane s'amuseroit-elle ici tête-

à-tête avec un homme , elle qui en hait
tant l'espèce ? A peine ce soupçon lui est-
il échappé , qu'il est témoin de la chûte de
Phoebé et du triomphe de l'Amour. Ah !
Déesse ! Quel moment ! Comme le Faune
va insulter à ta foiblesse ! Un autre que
lui se retireroit par générosité, détourne-
roit les yeux par modestie , par respect,
se feroit des doutes à lui-même, regarde-
roit une telle aventure comme le pur effet
d'une vision ; mais tant de vertu n'est
pas le partage d'un Faune !

Un éclat de rire éveille la Déesse. Elle
envisage le témoin de ses plaisirs. Ses
yeux timides se sont à peine ouverts,
qu'elle les referme aussi-tôt. Une sueur
froide parcourt ses membres presque dis-
sous. Elle se laisse tomber à côté de son
Berger , pleure , gémit , se désespère de
n'être pas sujette à la mort. S'il s'avançoit
vers elle , ce squelette hideux , il seroit

le bien venu ; elle le presseroît contre son
sein. Elle regarde avec horreur celui qu'un
moment auparavant elle trouvoit plein de
charmes. La Déesse se roule sur les roses.
Le parfum de Zéphyr n'est plus odorifé-
rant ; Endymion est un monstre ; et le
monde n'est habité que par des Dragons.
Un cœur échappé du Tartare prendroît
part à sa douleur ; mais le Faune y est
insensible : il insulte à ses chagrins. Il
voit un torrent de larmes inonder le visage et le sein de Phœbé : il le voit ; et
il ose, le Corsaire, en arrêter le cours
par des baisers. Elle le repousse d'une
main tremblante. Que lui serviroit d'être
fière vis - à - vis d'un témoin aussi clair-
voyant ? Le Satyre impatient promet et
menace à la fois : il est tout de feu. La
Déesse le regarde avec timidité, rougit,
rêve et cherche à retarder , au moins ,
ce qu'elle ne peut empêcher. Se détermi-

nera-t-elle à souffrir un moindre mal pour en éviter un plus grand ?

Le Satyre est pressant. Toute résistance lui paroît déplacée. La Déesse soupire. Le Faune jure (mais non par le *Styx*) de garder le secret. Il se montre digne du nom qu'il porte. Et quand l'arrivée de l'Aurore lui enjoint de se retirer, il remercie la Déesse et court annoncer sa bonne fortune à ses camarades.

LE JUGEMENT

LE JUGEMENT

DE PARIS,

A MONSIEUR ***.

Lorsque, parmi trois femmes charmantes, Aristippe, l'un des plus habiles hommes de la Grèce, se trouva obligé de distinguer la plus belle, il ne crut pas le choix aisé à faire : aussi, après les avoir long-tems examinées, l'une après l'autre, il les choisit toutes les trois pour n'en échapper aucune. Quelle mal-adresse ! Ce Philosophe connoissoit bien peu l'esprit des femmes. Il ne put jamais justifier une pareille conduite. Un Connoisseur fin,

E

vous, par exemple, Monsieur le Docteur, ou moi, nous en aurions flatté une par notre choix; et dans ses bras, nous nous serions moqués de la colère des deux autres. S'y prendre comme Aristippe, étoit le vrai moyen de se brouiller avec toutes les trois.

Ainsi pensa un jour Pâris, lorsqu'un ordre émané du plus puissant des Dieux, lui imposa le devoir d'adjuger la pomme d'or à celle de trois Déesses qu'il trouveroit la plus belle. Au lieu de perdre son tems à un examen inutile, il se déclara, sur le champ, en faveur de la Reine de Cythère, avec qui il passa, sans doute, une nuit bien agréable. A la vérité, le plaisant Lucien ne nous dit pas un mot de cette dernière circonstance. Mais, quand elle ne seroit que supposée, le choix ne fait pas moins d'honneur à l'esprit du Juge.

Vous connoissez et vous aimez, comme
moi, l'enjoué Lucien. Celui qui bâille auprès de lui, dormiroit bien profondément
sur le sein de Vénus, ou au milieu du
concert des Muses. On sait que personne
ne badine si délicatement que lui. On sait
qu'il a été bel esprit, connoisseur en bien
des choses, et ce qu'on peut appeler
homme du Monde. Tillemont et quelques
autres personnages de mérite désireroient
qu'il eût eu un peu plus de piété. Mais à
nous, qui aimons à rire à la Socrate, il
tient souvent lieu d'Esculape. Il sait dissi-
per nos spasmes et nos vapeurs. Qu'il
sourie ou qu'il rie tout de bon, il a l'art
de nous instruire et de nous amuser....

Permettez que, pour votre édification
et la mienne, je raconte naïvement la
querelle qui s'est élevée parmi les Déesses.
Pour peu que les Graces ayent de recon-

noissance, elles conviendront que je n'ai pas déparé mon original.

La dispute excitée par Eris, la guerre sans laquelle Priam n'auroit pas été vaincu, sans laquelle la colère d'Achille et celle d'Hector n'auroient pas été chantées, sans laquelle le front de Sire Ménélas n'auroit pas été affublé de ce que vous savez bien ; et la querelle qui troubla les Dieux mêmes dans un banquet nuptial, étoient autant de points intéressans qui s'agitoient avec chaleur : et ne croyez pas que ce fut pour des bagatelles. Il n'étoit pas question de savoir ce que signifient les lignes qui se trouvent dans le Livre intitulé *Ye-Kim*, si ce coin de terre, qui produit assez de nourriture pour deux chevres et demie, appartient à Milord Jean ou à Milord George ; si la V. F. vaut mieux que la M. de L. H. ; si la G. D. V. de D. l'emporte sur F. de D. ; si la Musique de P. lui appartient en totalité, ou s'il n'en a volé qu'une partie : ce sont autant de questions qu'une mouche emporte sur ses aîles. Les Déesses ne se querellent pas comme les Philosophes et les enfans....... Dans la dispute dont je vous parle, il ne s'agissoit de rien moins que de savoir qui d'entre elles surpassoit les autres en beauté.

Le cas étoit grave. On ne pouvoit montrer trop de vanité. Les Déesses ne sont pas seules les membres de la dispute. Les Nymphes de la mer, des rivières et des forêts, prétendent, aussi, faire valoir leurs prérogatives. Les suivantes s'en mêlent: on est prêt à se battre ; on s'égratigne déja ; on se prend aux cheveux; on se plotte, et Jupiter qu'on obsède, pour arracher de lui une décision positive, imagine cette ruse.

Vous savez, leur dit-il, que je suis mari de celle-ci, et pere de ces deux-là. Ainsi, je

ne puis prononcer validement sur le différend qui s'est élevé entre vous.........
Je ne connoîs qu'un seul homme qui soit
doué de toutes les qualités que doit avoir
votre Juge........Il est d'Ilion, actuellement Berger, et cependant fils de Roi. Il
est beau comme le jour, et très-habitué à
résoudre des questions semblables à celle
qui se présente. On dit qu'il remporte le
prix à tous les jeux, et qu'il est si hon-
nête vis-à-vis les Dames, qu'il leur rend
toute sorte de services, sans en exiger
aucun salaire. En un mot, c'est le seul
Juge qui vous convienne. On n'a rien à lui
reprocher. Ses talens sont peu communs.
Cependant, comme je ne puis prendre sur
moi de vous contraindre, dites votre
sentiment avec liberté. Tout m'est égal.

Le choix du Juge m'intéresse très-peu,
répondit Junon de l'air le plus vain. Je
souscrirois à la sentence de Momus même.

Je crois qu'on ne redoute pas la censure, quand . . . . . Demandez à ces Dames. — Je pense de même, dit Cypris, avec le plus joli sourire du monde, en jettant un regrad de complaisance sur la glace qui étoit devant elle. La décision d'un simple Berger suffit, pourvu qu'il ait de la clairvoyance.

Minerve gardoit le silence. Et toi, ma Fille, lui dit le Pere des Dieux, tu ne dis rien et tu rougis? Souvent, en pareille occasion, le silence est le langage le plus expressif des Filles. Eh bien, voilà Mercure. Il est déja botté : vous pouvez vous mettre en route. N'oubliez pas vos chapeaux de paille. L'air est vif : il pourroit ternir la blancheur de votre teint.

Je vous fais grace de la relation de leur voyage, et de tout ce qu'elles ont vu, dit ou entendu, chemin faisant. On lève un pied, on met l'autre devant, et, cepen-

dant on avance, dit Sancho. La bonne humeur et les saillies du guide racourcirent
le chemin en apparence. On passa en revue
tout le chœur des Dieux ; de-là, on en
vint aux Faunes et aux Naïades. Chacun
raçonta de petites histoires qui ne font pas
grand honneur aux Graces qui prennent le
plaisir du bain dans le Cocyte ; mais personne ne voulut se charger des preuves.

Cependant la belle caravane arriva de
bonne heure au pied du Mont-Ida. (On
sait que les Dieux voyagent encore plus
vîte que les Députés les mieux servis.) La
montagne étoit haute et couverte d'arbris-
seaux touffus. Le sentier tortueux se per-
doit insensiblement dans les broussailles.

Ici, Venus, mieux qu'aucune de nous,
pourroit nous montrer le chemin, dit Junon. Depuis le tems d'Anchise, elle ne
sauroit avoir oublié le local. Mais peut-
être n'a-t-on dit que par jalousie que quelquefois

quefois, en habit de Chasseuse, elle descendoit sur le Mont-Ida; et que, ses ju-
pons retroussés à la manière des Nymphes,
elle faisoit passer des quarts d'heures agréables au Prince Troyen.

Votre raillerie paroît piquante, reprit
Cypris en souriant; mais je n'en suis pas
émue. On sait que..... Daignez me sui-
vre, mes Dames, dit Mercure, en inter-
rompant un discours qui auroit pû occa-
sionner une nouvelle dispute. Je connois
parfaitement tout le Pays Phrygien, et
sur-tout Ida. Avant que Ganymède eût
obtenu un emploi dans le Ciel, Jupiter
m'envoyoit souvent ici, pour y porter ses
ordres. Je ne m'y perdrois pas dans la nuit
la plus obscure.—Nous sommes déja par-
venus à l'entrée de la forêt; et, d'après cette
situation, je crois que votre Juge n'est pas
bien.... Jettez les yeux sur la plaine....
Ne voyez-vous pas ce beau Berger, qui

est assis sur une pierre, auprès d'une chè-
vre qui broute ?.... C'est, probable-
ment, Pâris.... C'est lui-même. Par le
Styx ! Dans quel étonnement il sera, quand
il apprendra le motif de votre voyage ! je
vais l'aborder.

—Je te salue, jeune Berger. —Je vous
salue aussi, beau Sire. Qui peut vous ame-
ner dans ces contrées sauvages ? Si vous ne
trouviez pas ma curiosité déplacée, je vous
demanderois encore, qu'elles sont les Dames
que je vois appuyées contre ce chêne. Par
Jupiter ! qu'elles sont belles ! elles n'ont
jamais glané en plein midi. Que leur air,
que leur maintien est différent de celui de
nos Bergères ! Leur blancheur surpasse
celle des cignes ; et le parfum qu'elles ré-
pandent.... Ce sont des Fées, ou je ne me
nomme pas Pâris ! —Tu l'as presque de-
viné. Applaudis toi de ton bonheur. L'Ether
ne contient rien de plus accompli : ce sont

des Déesses. —Des Déesses? Je l'ai soup-
çonné à la majesté de leur air ; et, cependant, ce sont les premières que j'aie vues.
—N'en doute pas: nous venons de l'Olympe.
Telles sont les habitantes des Cieux. Elles
se sont dégagées des rayons qui, comme
tu le sais, ornent ordinairement la tête
des Divinités. Sans cela, tu ne les regarde-
rois pas impunément. Mais, dans leur état
actuel, tu n'en dois rien craindre. Celle-ci,
dont la taille surpasse celle des deux
autres, en hauteur, a été choisie par le
Pere des Dieux, pour être son épouse :
malgré cela, l'aurore n'est pas plus ver-
meille ; le rosier ne produit rien de plus
fleuri : c'est qu'elle est Déesse. La seconde
que tu vois revêtue d'un habit guerrier,
qui est couverte d'un casque, armée d'une
pique, se nomme Pallas. La troisième, dont
le jupon est court, la gorge à demi-décou-
verte, et qui nous lorgne d'un petit air

malin, t'est sûrement connue de réputa-
tion, si elle n'a même déja blessé ton
cœur : c'est Venus. Tu trembles, Berger ?
Bannis toute inquiétude. Les Déesses, rap-
porte-t-en à Mercure, sont bonnes. Leur
fierté ne réside que dans leur maintien.
Actuellement qu'elles te sont connues,
considère-les avec attention ; car Jupiter
veut qu'après cet examen, tu décides laquelle de ces trois immortelles, les seules
qui ne redoutent pas une pareille épreuve,
est la plus belle. Cette Pomme d'or est le
prix qui sera adjugé à celle que tu dési-
gneras : Voici ce que porte l'inscription :
La plus belle me possédera. Jupiter n'ignore
pas que tu es le mortel le plus connoisseur en beauté.

Le Berger fait un signe de la tête. Seigneur Hermès, dit-il, Jupiter me fait trop
d'honneur. Je ne me flatte pas d'être assez
habile pour prononcer sur une matière

aussi délicate. Où aurois-je puisé les con-
noissances nécessaires pour cela. Je suis
Berger. Je n'ai vécu que dans des climats
arides, parmi des troupeaux, et avec des
Filles dont le naturel est tout-à-fait sauvage. Demandez-moi laquelle de ces jeunes
chèvres est la plus belle, et je vous le
dirai au juste. Quant à ces trois Dames,
elles me plaisent également. A la vérité,
les différences qui regnent entr'elles ne
m'échappent pas. Par exemple, celle-ci est
plus petite : la taille de celle-là est plus
avantageuse. L'une a les cheveux noirs,
l'autre les a blonds : la troisième les a d'une
couleur qui tient beaucoup de celle de
l'or ; mais je les trouve toutes les trois
charmantes : et, à mon avis, celle que
l'on posséde l'emporte seule sur les deux
autres. Je le dis assez haut pour qu'elles
l'entendent, fussent-elles plus que de sim-
ples Déesses. Je me rappelle, à cette oc-

casion, une drole d'avanture. Vous savez
que dans l'état pastoral, on imagine toutes
sortes de plaisanteries pour s'égayer.

Deux Filles, assez belles pour des Graces de Village, du moins des plus gentilles
de nos Bergères, me rencontrèrent il y a
quelques tems, (c'étoit dans le tems des
roses) à l'entrée d'un sentier très-étroit.
Elles m'opposèrent, en riant, quatre bras
pottelés, comme pour m'interdire le chemin. Tu ne passeras pas, jeune Berger,
me dit l'une, si tu ne décides, d'abord,
notre querelle. Nous nous disputons pour
savoir qui de nous deux est cette Philis
que tu chantes continuellement. Aucune ne
veut céder cette faveur. Son nom est
Dorcas, le mien est Néere, et toutes deux,
nous prétendons être Philis. Qu'en dis-tu ?
Tu dois les avoir mieux que qui que ce soit.
Tu chantes avec tant d'agrément, beau
Berger ! Nous sommes obligées de conve-

nir que tu nous as enlevé nos cœurs ; mais puisqu'une seule a droit à tes baisers, nous te conjurons de désigner l'heureuse. —Vous vous moquez de moi. —Point du tout. Rien n'est plus sérieux. Nous te le jurons par la Mère de l'Amour, et par toutes les joies. —Eh bien ! je déciderai donc la question. Vous êtes, à la vérité, jeunes et belles toutes les deux : vous me paroissez extrêmement enjouées, mais j'avoue que je ne vous aime ni l'une ni l'autre. —Cela ne se peut. Nous sommes les plus belles de la contrée : tous les Bergers en conviennent ; et par Vénus ! ils ne le diroient pas, si cela n'étoit vrai. Cette fois, tu ne nous échapperas pas, dussions - nous demeurer ici, et dans cette attitude, jusqu'à demain matin. Explique - toi : un mot suffit. Que pouvois-je faire, Seigneur Mercure ? Ces Filles étoient rusées. Tandis que nous nous disputions, elles avoient eu l'adresse de

m'écarter, insensiblement, dans un bocage,
où l'herbe naissante, couverte de chevre-
feuille et de jasmin, sembloit offrir
un trône à la volupté. A ma place,
quel parti auriez-vous pris ? Par Amour !
que les Nymphes étoient jolies ! donner la
préférence à l'une, c'eût été faire un affront à l'autre. Le Berger, soit dit sans
vanité, n'étoit pas sot. Il leur prouva
qu'elles étoient Philis toutes les deux....

Entre nous, j'en agirois de même avec
ces Déesses. Une à une, je les trouverois
charmantes : ainsi, je crois qu'il convient
de leur partager la pomme.

Cela ne se peut, reprit le Fils de Maïa. Jupiter veut que tu prononces défin'tivement.
Sa volonté est une loi que nous-mêmes,
qui sommes des Dieux, ne violons pas.

Eh bien, s'écria Saturnie, quand finira
votre dialogue ? Le Juge me paroît bien
mal éduqué. Il jase et nous oublie. Allons,

dit

dit le Berger, Jupiter l'ordonne. J'y con-
sens; mais, puisqu'il n'y en a qu'une, parmi
vous, qui puisse gagner sa cause, j'exige
qu'avant de commencer aucun examen sérieux, vous me promettiez que les deux
qui perdront, ne m'en voudront pas; sans
cela, je renonce à ma dignité de Juge.

Nous te le jurons, par le Styx! —Actuellement, approchez : mettez-vous l'une
à côté de l'autre, la tête en arrière. Fort
bien. O Pan! parmi toutes les Bergères que
j'ai vues se baigner dans le Scamandre, en
est-il une seule qui puisse être comparée à
ces Déesses ? . . . . . Seigneur Mercure,
un petit éclaircissement, s'il vous plaît. Je
suis assis : je commence mon office, je
contemple ; mais il me vient un doute.
Suffit-il de voir ces Dames ainsi vêtues ? Il
me semble que si elles se mettoient un
peu à leur aise, le jugement que je dois
porter n'en seroit que plus positif. —Elles

G

ne se feront aucun scrupule de se conformer à ta volonté. On ne refusera au Juge rien de ce qui pourra contribuer à l'éclaircir. —Eh bien, continue Pâris, qui prend l'air boursouflé d'un Magistrat, je vous ordonne de vous mettre tout-à-fait à la légère. Ne trouvez pas mauvais que je fasse plutôt attention à ce qu'exigent de moi mon emploi et mon devoir, qu'à la dignité de vos personnes. De la nuque au talon, et du front à l'orteil, il se trouve maintes et maintes beautés que Phébus même ne peut envisager, et qui méritent même qu'on y fasse attention.

Comment croyez-vous, mon cher Docteur, que sonneroit un pareil arrêt aux oreilles de nos Prudes? Elles ne s'y conformeroient jamais, jamais: se résoudre à laisser voir . . . . . Si tout est également bien symmétrisé; si chaque point concourt à former l'attrait général; si la peau est, en tout sens, aussi unie, aussi blanche que celle des mains; si aucune tache, aucun os pointu ne préjudicie à l'albâtre; enfin, si l'ouvrage entier est conforme aux préceptes de l'art, c'est-à-dire, noble, dégagé, rond et gracieux ? Fi !....

Combien de femmes qui, pour le thrône d'Astracan, ne se montreroient pas à l'Iroquoise, et qui se pressent au contraire d'éteindre la bougie, dans un tête-à-tête ? Verroit-on de nos jours, une autre Phryné braver l'Univers entier, et se baigner, en triomphe, près de l'Olympe, à l'honneur de la patrie, sans redouter la critique du vulgaire, non plus que le jugement des Pélasges et des Nomades ? Je n'en crois rien, mon cher Docteur. —Pourquoi ? —Elles le savent bien. Pâris n'eut pas à faire à des Déesses si sévères. Elles mettoient toute leur confiance dans leurs charmes, sans faire paroître aucune marque de timidité.

G ij

Pallas seule baissoit modestement les yeux, ainsi que, dans pareille occasion, cela sied à une Vierge. Elle se défendoit encore, que Junon avoit déja obéi. Minerve se flattoit qu'on lui laisseroit, au moins, son corset et un léger jupon.

Un jupon ? Point du tout. Le Juge ne lui fait pas la moindre grace. Vîte, vîte, dit Hermès; il faut se conformer à l'ordre du Juge. Vous ne devez pas rougir de ma présence ; et une preuve de ma discrétion, c'est que je vais, en attendant, me cacher derrière cette haye.

A peine est-il parti, que Cypris, qui se flatte de remporter la victoire, se présente dans cet état enchanteur, où le plaisir sourit à la Nature. Telle qu'elle admira, pour la première fois, ses merveilles personnelles, lorsque dans l'éclat de sa première jeunesse, elle fut portée par les Zéphyrs sur le charmant rivage de Paphos;

elle se présente aux yeux de Pâris : un peu de côté, comme on la voit à Florence pliée sur elle-même ; elle couvroit d'une main, une partie de sa belle gorge, et de l'autre.... La rusée ! comme son œil, couvert du voile léger de la pudeur, dément ce qui se passe dans son ame !....

Me voici, Berger charmant. Regarde, et dis-moi comment tu me trouves dans cet ajustement. Il est commode ; mais il ne sied pas à toutes les femmes. Vulcain a-t-il lieu de se répentir de me voir à ses côtés ? Mes bras sont aussi beaux qu'ils puissent l'être. Mes doigts resemblent à une rose. Ma chevelure, brillante comme l'or, ne dérobe point à l'œil connoisseur une oreille mince et bien arondie. On ne peut me reprocher d'avoir un menton pointu, et mes jambes. . . . Je conviens qu'aucun Poëte ne donnera à mes yeux une épithéte empoulée pour dire qu'ils sont extrêmement grands ; mais je cède , sans jalousie ; cette prérogative à d'autres. Si les miens sont petits , ils ont de l'éclat , et ils savent s'exprimer.—Mars , mille Bergers et autant de Faunes , peuvent en rendre témoignage , lui dit Junon d'un ton ironique. —Madame , répondit Cypris, Ganymède pourroit me vanger de cette saillie. C'en est assez ! —Pallas est-elle prête ? Que de tems il vous faut ! bas le corcet : si vous ne vous dépêchez , je remplirai , moi-même , l'office de Serviteur et de Juge. —Regardez , dit Pallas , le sourire malin de celle-ci. Voulez-vous que , sur le champ, nous fassions disparoître tous ses charmes ? Eh bien , qu'elle se dégage de cette ceinture magique , qui aide à soutenir son sein. —Madame , interrompit Vénus , il m'est aisé de vous confondre : voilà la ceinture. Quoique ces hémisphères d'albâtre n'égalent pas votre sein en grosseur, vous voyez qu'ils peuvent se maintenir en équilibre par leur propre élasticité, et sans aucun secours étranger. Mais, qui vous empêche de nous étaler votre front majestueux ? Pourquoi ce casque ? Il ne sert qu'à intimider le Juge. — Le voilà déposé. — Ce petit jupon est encore de trop . . . . . Fort bien ! un tel aspect m'enchante. Elles brillent comme l'étoile du matin. Quelle délicatesse ! pourquoi toutes les parties qui composent mon individu, n'ont-elles pas la faculté de voir ? Elles m'éblouissent : je n'ose plus les regarder. Par tous les Elémens ! je deviendrois statue. Mais non. Je les contemplerai jusqu'à l'entière extinction des esprits qui m'animent. Vrai, comme je suis Pâris, un pareil aspect nourrit le corps et l'ame. Je pourrois vous voir cent ans, et m'abstenir de tous les besoins de la vie. O Pan ! que ferai-je de ma Magistrature et de cette Pomme ? Foi de Juge !

plus j'examine, et plus je trouve de difficulté à me décider. Mon regard, yvre de
volupté, se perd dans un labyrinthe de
charmes et de plaisirs. Cette grande a plus
d'éclat que n'en a le soleil au milieu de
sa course. Elle paroît sans défaut. Son ori-
gine est trop illustre pour qu'un autre que
le Maître du tonnerre ait droit à ses em-
brassemens. . . . . . Que puis-je reprocher
à cette Vierge ? Par Amour ! elle m'enchan-
teroit s'il n'y avoit quelque chose dans son
air qui m'effraye. Mais je ne puis résister
aux charmes de cette Enjouée. Plus on la
contemple, plus on découvre d'attraits.
Elle enlève le cœur sans qu'on sache comment : et il n'est pas possible de le ra-
voir. . . . . .

La Souveraine des Cieux s'impatiente.
A quoi bon ce soliloque ? Il est tems de
prononcer. — Un moment, belle Déesse.
On ne peut précipiter cet examen. Si vous

vous lassez d'attendre, prenez vous-en à
vos charmes. Qui vous a dit de vous dis-
puter, et de me choisir pour votre Arbitre? Mon emploi n'est pas sans inconvé-
nient. Vénus, je jure, par votre fils, que je
prie de protéger mes chevres et mes jar-
dins, qu'un pareil excès de plaisir dégénére,
à la fin, en peine, en tourment!... Je ne
dis rien de plus. Tant que je vous verrai
toutes les trois à la fois, il ne me sera pas
possible de me décider. Il faut que je vous
examine chacune en particulier. Epouse de
Jupiter, vous demeurerez ici, s'il vous
plaît. Et vous, mes Dames, vous voudrez
bien vous éloigner, pour quelques ins-
tans.

Les Déesses acceptent la proposition de
Pâris. Cithère lui lance le regard le plus
étincelant; elle s'enfonce dans la forêt,
et abandonne la victoire à la vertu et à la
fortune.

H

Qu'il est important d'être, non pas tout-
à-fait seul, mais sans témoin ! cette situation inspire du courage à une Agnès, ras-
sure le Berger trop timide, qui, pâle et
muet vis-à-vis de sa Silvie, ne sait que
tourner son chapeau dans ses mains, se
ronger les ongles et ouvrir la bouche sans
oser proférer une syllabe. Philis s'épou-
mone à lui demander la cause de sa tristesse. Depuis long-tems son sourire lui tient
à peu-près ce langage : Cher et trop timide
amant, que crains-tu ? Qui t'arrête ? Mon
regard indulgent ne te promet-il pas d'a-
vance toute espèce de pardon ? C'en est
assez. Le courage abattu du Berger se
change en une vivacité impétueuse. Sa tête
se fortifie ; un nouveau dégré de chaleur
se communique à ses yeux ; ses esprits se
raniment ; l'allégresse se répand sur tous les
objets qui l'environnent : il ose tout ; et
son bras fortifié soumet l'Héroïne.

Saturnie, qui, naguère, ressembloit plutôt à une statue qu'à une Divinité, est à
peine seule avec Pâris, que celui-ci s'apperçoit qu'on peut tirer de grands avantages
d'un tête-à-tête. Le marbre se réchauffe ; la
bouche et les joues de la Déesse deviennent plus vermeilles ; son sein, qui ne sembloit être que d'albâtre, se couvre, tout-
à-coup, de roses ; et chaque muscle s'élève
insensiblement, comme l'onde légérement
agitée, lorsque Zéphyr folâtre sur le sein
d'Amphitrite.

Le Berger surpris de ce prompt changement, s'écrie, transporté de plaisir : Dieux !
je vois, maintenant, ce qui manquoit à sa
perfection. Oui, Madame, je le sentois ;
mais je ne pouvois le définir, l'exprimer....

Heureux mortel ! lui dit la Déesse, tu
envisages, ici, ce que Jupiter seul a vu,
depuis que les sphères tournent sur leurs
poles. Applaudis-toi, Prince ! Dès ce mo-

ment, ton ambition peut être sans bornes; Junon te promet tous les genres de bonheur : le trône du monde, et, même, la dignité qui peut t'égaler aux Dieux.

Le trône du monde ? Ah ! Déesse, le diadême a peu d'attraits pour moi. Que me manque-t-il ici ? J'y suis libre : et c'est être plus que Roi. Cette Pomme ne peut devenir le prix de la flatterie, tant qu'elle sera en ma disposition. Je dois tout à mon devoir.... Cependant, vous pourriez... Elles n'y sont pas... Je ne les vois plus... Vous pourriez, par une seule parole, captiver mon suffrage......Que vous êtes belle ! Junon !... Madame .... Je n'en puis dire davantage.... Que vous êtes belle !

Pâris se tait, et ses regards interprètent son discours. Qui croiroit qu'un Berger... Mais, on a beau dire : un emploi donne de l'esprit sur le champ.

La Déesse est inquiète. Il s'agit de pren-

dre un parti. Zéphise ! qu'aurois-tu fait à
sa place ? Céde-t-on à des Rivales ce qu'on
peut obtenir si aisément ? En pareille occasion, plus d'une Prude seroit embarrassée.

Déesse, lui dit Pâris, parmi nos Bergères, le silence est le signe du consentement. J'imagine que cet usage est également établi dans l'Elisée. Le tems se passe.
Pourquoi tant de réflexions ? Trois baisers,
seulement ; l'un sur votre bouche ver-
meille ; les deux autres sur vos joues ; et
la Pomme est à vous. Certainement, ce
n'est pas la mettre à trop haut prix.

Téméraire ! pour qui me prens-tu ? Trembles ! crains la vengeance d'une Déesse !...

On ne fit jamais tant de bruit pour un
baiser. Par Pan ! ne diroit-on pas .... Au
reste, je ne crois point que mon bonheur
y soit attaché. Haute et puissante Dame,
notre différend ne me paroît pas difficile à
terminer. Si vous voulez m'accorder ce

que je vous ai demandé, à la bonne heure ;
sinon je m'en console. . . . . Vous pouvez
vous retirer quand il vous plaira. . . . Elle
vouloit me prendre par le foible ordinaire
des Juges ; mais on ne me gagne pas par
des présens. *Il en arrivera ce que de droit.*
Actuellement c'est à la blonde à comparoître.

Pâris appella Minerve sept fois avant
qu'elle pût se déterminer à sortir du
buisson où elle s'étoit cachée. Elle
craignoit de se montrer aux yeux d'un
homme en habit de bain, ajustement qui,
en effet, ne lui seyoit pas trop. Il falloit la
voir aux tournois, aux danses guerrières ,
couverte d'une cuirasse, d'un casque, et
armée d'une lance, ou quand, dans son
négligé, elle brodoit des manchettes au Père
des Dieux. C'est alors qu'elle brilloit. Mais
elle étoit sans adresse dans l'art de la co-
quetterie et dans celui de nouer ces filets

enchanteurs, qui sont les pièges des ames sensibles. Une telle innocence peut être mise au rang des vertus amicales.

Que signifie cette timidité? lui dit Pâris, qui se permet la liberté de la prendre par le menton. Avec de tels attraits, peut-on craindre de se montrer? Levez les yeux! la tête en arrière! —Téméraire, s'écrie Minerve; laisse une distance de trois pas entre toi et moi; et apprens qu'on ne traite pas une Fille de Jupiter comme l'Amante d'un Berger! —Cependant, ajoute-t-elle aussi-tôt, avec plus d'aménité, nous ne nous brouillerons pas pour une bagatelle. Je ne t'en conserve pas moins mes bonnes graces; et si, conformément à mon droit et à ton devoir, tu prononces en ma faveur, la terre couverte jusqu'aux bords du Gange de trophées brillants, admirera en toi le Héros modèle de César et de Pompée, de Charles le Suedois, de Ferdi-

nand , de Frédéric , de Broglie , &c.
&c. &c.

Ha, ha , repliqua Pâris, avec un éclat de
rire, voilà des promesses atrayantes ! Vous
croyez, peut-être , qu'elles me gagneront ?
Point du tout. Quoique Fils de Prince, je
ne suis point avide de blessures. Je n'aime
que ces guerres clandestines, où , au lieu
de lauriers, on ne cueille que des baisers...
Je suis au comble de la joye , quand je
vois mon ennemi chercher son salut dans
des grottes et dans des bosquets, quand il
ne se défend que par un sourire, et lorsque je suis assuré que sa résistance ne fait
qu'accélérer sa chûte ; quand je vois une
timide colombe , qui , pour une piquure de
mouche , pâlissoit d'effroi, presser la mort
présente contre son sein palpitant. Dans ces
guerres , dont le veuvage n'est jamais la
suite , je m'enrôle volontiers, et , même
sans

sans exiger d'engagement. Mais je n'aime pas m'exposer, dans une affaire sérieuse, pour une couronne de laurier...... En voilà assez pour vous. Allez, je suis satisfait. Ne perdez pas toute espérance. Reprenez vos armes qui vous parent si bien, et dites que je vous ai scrupuleusement examinée.. .. .. Qu'on fasse venir Venus.

Elle arrive : ce sont les délices du monde : c'est le plus bel ornement des Cieux. Les Graces l'accompagnent partout. Le Berger la voit, et croit que c'est pour la première fois. Un léger coup d'œil lui tient lieu de tout autre examen. Son cœur le décide. Un seul sourire le fixe et l'enchaîne.

Je n'employerai point la ruse, dit la Reine de Cythère, pour l'emporter sur mes Rivales. La beauté n'a qu'à se montrer ; c'est l'éloge le plus complet qu'elle

I

puisse faire d'elle-même. Mais , ô Berger
plus beau qu'Apollon, permets-moi de te
demander comment tu peux te plaire dans
ces contrées arides. A quoi te sert d'être
le plus beau Berger de toute la Phrygie ,
d'être un Endymion, un Narcisse ? Les
filles , habitantes de ces bois , ne répan-
dent qu'un parfum à demi desséché. Pour
elles, l'Amour est plutôt un besoin qu'un
plaisir. Elles voient ton chapeau : et cela
leur suffit. Le reste n'est rien pour elles.
C'est à la Ville ou à la Cour que tu devrois
fixer ta demeure. C'est-là que l'Amour est
un jeu , un doux badinage. Les beautés s'y
disputeroient ton cœur à l'envi. Si tu le
veux , je t'indiquerai une jeune personne
qui, sans que je veuille trop exalter ses
charmes, m'égale en beauté. —Par Pan !
s'écria Pâris, que je la voudrois voir !.. ..
Aussi belle que vous ?... Cela ne se peut.
D'où me viendroit une autre Vénus ? —Je

ne sais , même , si, quand tu l'auras vue ,
tu ne me la préféreras pas. ——Quoi ! les
plaisirs, la volupté respireroient, comme
ici, sur son sein de lys ? ——En ce point ,
reprit Venus , Hélène a des avantag, s dont
je suis privée. ——Vous me faites naître un
peu de curiosité. Mais si cette Hélène peut
vous être comparée , elle doit être issue
du sang des Dieux ?

Tu ne te trompes pas , beau Berger , répondit Cypris qui s'applaudissoit de sa
victoire et du succès de sa rus.. Elle est
ma sœur, comme Fille de Jupiter ; mais
elle n'a pas été engendrée dans le sein de
ma Mère. Le plus grand des Dieux fut
épris des charmes de Léda. Il profita du
moment où elle se baignoit dans l'Eurotas,
pour jouir de ses charmes, sous la forme
d'un cygne. La belle qui ne croyoit que les
caresses qu'elle pourroit prodiguer à cet
ciseau, tireroient à conséquence, se livra

à son penchant. Mais bien-tôt áprès , Tyndare surprit son épouse, tandis qu'elle
pondoit des œufs. Le mari stupéfait, se
grate l'oreille, et n'osa rien dire. Cependant, les œufs furent portés dans le Tem-
ple de Jupiter, où les Prêtres les ouvrirent
avec la plus grande pompe. Ils trouvèrent,
dans le premier, deux garçons de la plus
belle beauté. Celle qui m'égale en attraits
sortit du second. Tyndare s'applaudit d'ê-
tre allié de si près au Maître des Cieux.
La Fête fut terminée par un grand festin.
La Fille de Léda eut à peine atteint son
seiziéme printems , qu'elle fût regardée
comme la merveille de Micène. Sa répu-
tation franchit, bien-tôt, les limites de sa
patrie. Les Poëtes ne la trouvoient pas
moins belle que moi: ils jurèrent, même,
que les étoiles brilloient beaucoup plus,
depuis que les yeux d'Hélène leur avoient
communiqué un nouvel éclat. Les Héros

des deux hémisphères s'empressoient à re-
chercher son alliance .... Mais cela, et ce
qui arriva de plus, ne nous importe pas
dans ce moment. Il nous suffit de savoir
qu'Hélène existe, qu'elle est jeune, belle
comme Vénus, et que tu la posséderas,
Prince, quand tu le jugeras à propos.

Madame, répondit Pâris, pour un de
vos baisers, je donnerois le monde entier
et toutes les Léda possibles, quand
bien même de tous les œufs d'oiseaux
depuis le Colibri jusqu'au Milan, il en
devroit éclorre le plus parfait des Etres
féminins. Si jamais la Fille d'un Cygne
peut me plaire, c'est que je vous verrai
en elle. Prenez, belle Déesse, prenez ma
vie; mais daignez vous persuader, jusqu'au
chant du coq, seulement, que je suis
Anchise. N'étoit-il pas Berger, comme
moi ? Dieux ! cette forêt fut, autrefois,
et est encore maintenant, un témoin de

ses plaisirs. Pourquoi ne le seroit-elle pas
des miens?

La Déesse trouve ce souhait un peu
immodeste. Elle croit envisager le Berger
d'un œil en couroux; mais ses regards ne
peuvent être farouches. Il en naît un sourire qui enhardit Pâris à expliquer plus
clairement ce que Venus, même, n'entend
pas sans rougir. Pour se conformer à l'u-
sage, elle se seroit, volontiers, défendue
plus long-tems; mais le lieu et les circons-
tances ne le lui permettoient pas.

Le jeune homme supplie, verse des
larmes. Existeroit-il une femme assez
cruelle, pour n'en être pas émue?

Eh, bien! Déesse, prononce mon arrêt!
..... Venus tend sa belle main à cet aima-
ble importun, et ne dit pas non. Par le
Styx? ma belle. —Soit!.... que veux-tu
de plus? —Tiens, Déesse, prends! la
Pomme est à toi.

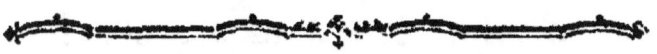

JUNON

ET

GANYMEDE.

SECUNDUS, le Pythagoricien, a dit et éprouvé, qu'une femme capricieuse est, de tous les animaux domestiques, le plus insupportable. Si avec cela elle est belle, le mal devient plus grand : si elle est savante et bel esprit, voilà une nouvelle source de peines pour son mari. Si à toutes ces mauvaises qualités elle joint les vertus sévères, puissent alors les Dieux prendre pitié de son malheureux Job !

Selon le témoignage des Poëtes, Jupiter, le Chef des Dieux, ne fut pas toujours exempt de ces chagrins domestiques. Junon étoit belle , grande et bien faite. Ses yeux et sa chevelure étoient du plus beau noir. Sa démarche , son maintien, ses grimaces même , avoient quelque chose d'intéressant. Sa longue robe cachoit le plus beau pied du monde , et beaucoup d'autres gentillesses qu'elle fit voir , un jour , à Pâris , sur le Mont-Ida. Malgré tous ces avantages, Jupiter fut mille fois dans le cas de maudire cette nuit , si agréable en apparence , où il s'empressa de la délivrer de la lourde ceinture des Vierges. Ceux qui le croyoient heureux , ne pénétroient pas dans l'intérieur du ménage , dans l'appartement à coucher. C'est-là que sa femme savoit faire valoir les droits de son Sèxe : c'est - là , qu'elle lui montroit un visage sévère , des yeux courroucés , et tout le contraire de ce qui l'avoit séduit au festin des Dieux.

Il n'étoit pas possible de dormir où couchoit Junon. Pendant toute la nuit elle

ne

ne cessoit de murmurer. Et si , par hasard , son époux s'endormoit à ses leçons
de morale , elle le réveilloit aussi-tôt ; car
sa voix glapissante l'emportoit toujours sur
le bruit des Sphères.

Lorsque Jupiter avoit bu quelqués coups
de nectar de plus qu'à son ordinaire , il
étoit enjoué , de bonne humeur ; il faisoit
des niches aux Déesses. Mais s'il lui arrivoit
ou de lancer un regard de côté sur Cerès ,
quand son mouchoir de cou se déran-
geoit , ou de ramasser la jarretière de Venus , ou de pincer au jeu les genoux de
Diane , ou de donner , en passant dans
l'anti-chambre , une chiquenaude à Iris , il
pouvoit s'attendre à être rigoureusement
moralisé la nuit suivante. Pour toutes ces
bagatelles , Junon n'entendoit pas raillerie.

Que le pauvre mari payoit cher la vertu
de sa femme ! elle n'échappoit aucune oc-

casion de faire un grand étalage de sa
chasteté, de sa fidélité conjugale. Elle rap-
pelloit sans cesse, et avec une fatuité in-
soutenable, les propositions que lui avoit
faites Ixion. Notez que c'étoit l'unique
courtisan qu'elle eût eu.

Junon, qui s'étoit fait un système particulier sur les loix matrimoniales, prétendoit qu'un mari doit se trouver trop heureux, si sa femme renonce, volontairement, au droit de l'associer à la confrérie
de Vulcain. Ce sacrifice seul lui tient lieu
de toutes les vertus. Mais, en récompense,
elle exige que son époux lui passe tous ses
caprices, la dispense de tout autre devoir.
Cette première générosité lui confère le
droit naturel d'exercer sur cet infortuné
mari un pouvoir despotique, de lui im-
poser, la nuit, en Juge éclairé, des péniten-
ces, pour les fautes qu'il peut avoir commises pendant le jour.

Le remède qu'Ovide prescrit aux maris, en pareille occasion, pour appaiser les femmes querelleuses, et pour les changer de tigresses en colombes, est quelquefois employé par Jupiter, mais toujours inutilement, Il perd tout espoir d'en user avec fruit. Il ne fait plus aucune tentative. Avoit-il raison ? C'est ce que le tems vérifiera. Tout ce qui brille n'est pas or , dit Sancho. A la vérité, Junon prétendoit que rien n'est plus insipide que les caresses d'un homme ; elle détestoit ces amusemens frivoles ; mais son mari ne s'en trouvoit pas mieux,

Quelquefois Jupiter ennuyé, chagriné, désolé par les reproches de sa femme, se levoit au milieu de la nuit (que ne fait-on pas pour éviter les propos d'une harpie ?), et se mettoit à tonner. Les coups redoublés de la foudre ébranloient les cèdres du Liban, les Alpes et l'Hélicon. Les

K ij

Fils de la **Terre** trembloient d'effroi. Mais le Chef des Dieux dirigeoit toujours son tonnerre de façon qu'il ne frappoit que les rochers et les forêts.

Une belle nuit d'Eté , Junon met sa patience à bout. Il se lève, et va courir le monde. Il découvre la belle Jo , que le bruit de la dispute a éveillée. Elle étoit couchée près de son urne, sur un lit de roses , et légèrement couverte, selon la coutume des Nymphes. Un le Guide est capable de nous retracer ses graces. Des joues vermeilles , comme une rose à demi épanouie , font preuve de sa jeunesse. Tout ce qu'elle est , annonce le goût des plaisirs. Xénocrate est peut-être le seul qui n'auroit pas fixé ses regards sur la belle Jo. Mais la Nature économe n'accorde ordinairement une telle sagesse qu'aux vieillards décrépits. Dès que Jupiter fleure des Nymphes, il n'est plus maître de lui-même.

La privation en a fait un vrai Satyre. Il voit la Nymphe, et, aussi-tôt, il conçoit le desir de la posséder et de l'enlever. Pour tromper la jalousie de Junon, un triple voile nocturne soustrait ses plaisirs illicites aux yeux les plus pénétrans.

Enhardi par de premiers succès, Jupiter réitere ses courses. Il n'est aucun remède qu'il n'employe pour échapper à la maladie hypocondriaque. A peine sa femme est-elle endormie, qu'accompagné de Mercure, il part, sans bruit, pour le monde sublunaire, où, à travers les bois et les prairies, il s'amuse à poursuivre, à la piste, les plus belles Nymphes. Dans le dessein d'éviter toute rencontre fâcheuse, il ne craint point de se dépouiller de sa divinité. Métamorphosé en Cigne, on a bien des avantages vis-à-vis des jeunes beautés qui se baignent. On les observe à son aise ; on a droit de les approcher, de leur faire des niches , des caresses , et quelque chose de plus encore. C'est un jeu...... Le charmant oiseau! comme il est doux ! Ne diroit-on pas qu'il sent le prix de son bonheur ?

Combien de fois Jupiter , métamorphosé en Aigle ou en Taureau , ne s'est-il pas récréé avec les enfans des hommes? Mais un succès trop répété nous invite souvent à trop hasarder. Latone , dans une belle nuit d'Eté , lui fit passer des quarts d'heures si agréables qu'il se laissa surprendre , dit la Chronique , comme un petit écolier. Il est vrai que l'on ne se détermine qu'avec peine à quitter une situation agréable. Mais passer l'heure qu'on s'est prescrite , c'est être esclave de ses passions. Un Sage , dit *Flavius* , ne doit jamais oublier le moment de sa retraite.

Tous ceux à qui il est arrivé de se rendre chez eux à une heure indue , peuvent se faire une idée de la manière dont Junon accueillit son mari. Aucune prière , aucune menace ne put la fléchir. Envain il embrasse ses genoux. Elle jure de se venger à toute rigueur ; et , pour que sa résolution ne soit susceptible d'aucun changement , elle la scèle de ce serment: *ou les Dieux n'existèrent jamais.*

Chaque aurore amène de nouveaux chagrins au Père des Dieux ; et le soir ne les voit pas finir. Jour et nuit , il n'a que de mauvais propos à essuyer. Souvent, même à table, où il doit soutenir sa dignité, son épouse le maltraite impitoyablement. Plus elle a de témoins , plus elle cherche à l'humilier. Il n'est pas étonnant qu'il ait eu du dégoût pour les mets les plus délicats. Aussi avoit-il attention de ne pas se trouver, pendant des semaines entières, aux banquets des Dieux. Accompagné de Mercure , il alloit de Cabane en

Cabane, de Palais en Palais, demandant la soupe tantôt à Baucis, tantôt aux Maures.

Un jour qu'il venoit de ces Guinguettes bien grisé, il vit, au milieu d'un troupeau blanc, le jeune Ganimède endormi près d'une source. Il s'arrête sur une nüe, et frappé de ce coup d'œil, il se dit à lui-même : Amour s'est-il écarté des Graces ? a-t-il porté ses pas errans sur le Mont-Ida ? Il rappelle Mercure, qui avoit pris les devants, et lui montre la découverte qu'il vient de faire. Depuis quand, lui dit son camarade, des yeux passionnés verroient-ils les choses telles qu'elles sont ? Si c'est l'Amour que vous voyez là-bas, où sont donc ses fléches, son arc, ses aîles ? Conviens, réplique Jupiter, que ces boucles dorées, ce visage gracieux, ce front, cette bouche, eussent trompé Ericine même. N'auroit-elle pas préféré ce beau

Berger

Berger au Chasseur dont elle fut , un jour;
si éprise ? Point du tout , répond le fils de
Maïa. Une femme habile est plus économe.
Elle auroit pris celui-ci sans quitter l'autre.

Tandis que Mercure parle , les regards
de Jupiter sont toujours fixés sur Ganymède ; mais un paon du char de Junon,
qui, dans ce moment, faisoit un tour de
promenade , les avertit , par son cri,
qu'il faut prendre doucement sur la gauche, quelque mécontent qu'en puisse être
le Pere des Dieux. Ils passent auprès de
Junon, sans en être apperçus , et montent
à l'Olympe. On annonce l'arrivée de Jupiter. Les Dieux accourent lui baiser la
main. On jaze ; on s'informe de bien des
choses ; et entr'autres nouvelles, le Maître du tonnerre apprend ce qui vient d'arriver à Hébé. Siléne au gros ventre , en
fait le récit à sa manière ; et , pour rendre
l'avanture plus plaisante , il y mêle des

L

équivoques et de froides plaisanteries.

Par le Styx ! dit-il, que c'étoit plaisant ! . . . . mais du dernier plaisant. Il auroit fallu voir cela. . . . Comme elle étoit tombée !. . . Par ma corne ! voilà comme nous étions assis : ici Junon, là Diane, là Pacchus, là . . . je n'en sais rien ; mais n'importe. Nous buvions comme des Scythes ; nous jettions des cris d'allégresse. . . . Or, écoutez ce qui est arrivé. Le nectar avoit déja couvert nos nez de rubis, lorsque Bromius cria : qu'on apporte le grand verre ! ça, la Fille, vîte ! avec de petits vases, à peine peut-on s'humecter les lèvres. Le jour est beau : prenons-en à notre aise. Nous fûmes tous de son avis, et nous nous écriâmes : va ! le grand verre arrive. On le remplit jusqu'au bord. Apollon chante. Toutes les Muses ouvrent des bouches de Méduse. A leur concert nous mêlons nos voix. ceux qui ne savent pas chanter touchent la lyre. La coupe passe à la ronde, et mon tour vient...... Ça, Hébé! elle me l'offre ; je fais semblant de la prendre, et je porte la main au bouquet placé sur sa gorge. Elle jette un cri comme si je lui faisois mal. Elle se détourne, le pied lui manque ; car le parquet couvert de vin étoit glissant. Elle tombe tout de son long, lève les pieds en l'air, et se débat comme une grenouille. On devine, sans le secours du trépié, ce qu'elle fit voir aux Dieux. Nous rions comme des fous ; mais nos Dames faisoient semblant de ne pas voir ce qu'Hébé montroit de beau. Elles rougissoient, baissoient les yeux ; mais à quoi leur servoient tant de grimaces ? Tandis que nous éclations à perdre haleine, Bacchus accourt, fait le galant, veut relever Hébé, et s'y prend d'une manière si gauche, qu'il nous procure un nouveau sujet de rire. Par mon

âne ! . . . . . paix, interrompit Jupiter en
secouant la tête : j'en sais assez. De tels
amusemens conviennent-ils à des Dieux ?
Par le Styx ! si une pareille scène parve-
noit à la connoissance des hommes, ils
viendroient bientôt profaner nos Temples,
faire C. C. sur le nez de nos statues, et
peut-être, quelque chose de pis encore.
Apprenez que je dispense, dès-à-présent,
Miss Hébé de son office. L'emploi d'E-
chanson ne convient point à une fille. J'y
pourvoirai.

Jupiter finit son discours avec gravité.
Les Dieux n'osèrent lui répliquer. Ils se
retirèrent dans un profond silence. Que
Jupiter est satisfait! Que la chute d'Hébé
est arrivée à propos! Souvent dans une
affaire épineuse, une bagatelle lève les
plus grandes difficultés. Actuellement, Junon ne peut rien. Il faut remedier au scan-
dale, le réparer. Jupiter enlève le Berger

Ganymède, et l'instale, sans aucun obstacle, dans la charge de Grand Echanson.

Pendant deux jours, les choses allèrent assez bien. Tous les Dieux paroissoient contens du nouveau venu. Les Dames s'applaudissoient intérieurement de le voir si près d'elles. On le combloit d'éloges ; on appaudissoit à la manière dont il s'acquittoit de son emploi ; on louoit sa modestie. Amour même ne le dédaignoit pas, quoique Vénus semblât le lui préférer. Il veut l'avoir pour son camarade. Enfin, bientôt Ganymède, par ses talens, se fait aimer et admirer de tout le Ciel. Junon est la seule qui murmure. Mais Jupiter ne paroît pas s'en inquiéter. Il n'en trouve que plus délicieux le nectar que son favori lui présente. La Déesse rève, examine, compare, raisonne, et croit, enfin, s'appercevoir qu'il règne entre Ganyméde et son mari une liaison trop intime. Une femme

ne peut souffrir un pareil affront. La rup-
ture est inévitable. Junon n'attend que l'occasion pour éclater ; et, malgré les précautions de Jupiter, elle se présente. La
Déesse en profite, et parle à son époux
en ces termes :

Il n'y a que trop de tems, Monsieur,
que je supporte vos outrages. Je sens que
ma patience ne sert qu'à vous donner plus
d'audace, qu'à exciter votre témé.ité. Ma
vertu est pour vous un motif de vous égarer, parce que vous savez qu'elle me met
au-dessus de cette vengeance que peu de
femmes se refusent dans une situation semblable à celle où je me trouve. Ma pudeur vous a déplu : c'est elle qui a produit
en vous cette société qui ne m'a privé que
de ce dont je me passe volontiers. Vous
cherchiez dans mon lit une coquette et des
plaisirs effrénés. Vous vous trompiez. Le
devoir seul m'a fait supporter, quoiqu'a-

vec la plus entière confusion, ce que mon état ne permettoit pas d'éviter. Conviens, Etre lubrique, que c'est la pudeur, le plus bel ornement des femmes, qui t'a dégoûté de Junon? Tu n'aimes que les morsures lassives de tes fausses vestales; et leur langue effrénée a empoisonné, pour toi, les discours sérieux et les froids baisers de la vertu. Voilà pourquoi tu t'es mis à poursuivre des Nymphes plus dociles et plus animées: voilà ce qui t'a fait ramper aux pieds de ton infâme Léda : voilà ce qui a empreint les traces de ta lubricité dans toutes les forêts, sur le bord de tous les ruisseaux, le long de toutes les rivières. Ma bonté t'auroit encore passé ces fautes. Tu laissois tes Maîtresses sur la terre ; tu ne profanois pas encore l'Olympe ; tu étois retenu par un reste de honte. Mais depuis que les Nymphes te sont devenues indifférentes ; depuis que tu as fait

présen, au Ciel de ce jeune Pasteur Phrygien, ton déréglement paroît être à son
comble. Pour une bagatelle, on prive
Hébé de son emploi ; on l'en prive sans
l'entendre, et tes yeux lascifs se promè-
nent sur. . . . . je ne puis le dire. Jusques-
où ne portes-tu pas l'effronterie à la table
même des Dieux ? Il n'est plus possible d'y
prendre ses repas. Vous riez, Ganymède
et toi ; vous vous faites des signes scanda-
leux ; vous vous envoyez des baisers. Vos
folies, vos chuchotemens ne finissent pas ;
et, pour que le nectar soit de ton goût, il
faut que le nouvel Echanson humecte ta
coupe avec ses lèvres. . . . .
Aujourd'hui tu n'as pas craint de l'embrasser à la face de toutes les Divinités. Vous
appellez cela un badinage ; mais il ne sied
pas à votre majesté. Combien y a-t-il
(Silène en étoit témoin), qu'on vous surprit, vous le maître du tonnerre, tête-à-
tête

tête avec Ganymède et l'Amour. Cette conduite est-elle digne du Dieu qui foudroya les Géants ?

Ici Junon se tut : et c'étoit à propos. Elle parloit avec beaucoup de facilité. Jupiter l'écouta de sang froid. Dès qu'elle eût achevé, il se frotta la barbe, en souriant, et lui répondit :

Je n'examinerai point en ce moment, chère Epouse, si notre discussion provient de votre modestie extrême, de votre pudeur, de votre retenue, de votre indifférence, de votre aversion pour certains plaisirs, qui, comme vous le dites, ne peuvent plaire qu'à des êtres vils. Il me suffit de vous déclarer que mon ancien goût est changé : il est tout-à-fait conforme au vôtre. Autrefois, je tenois un peu d'Epicure. Cet aveu ne me fait pas d'honneur ; mais je le dois à la vérité. Tout m'étoit égal. Je profitois de ce qui se ren-

M

controit en mon chemin. . . . . . Les Prin-
cesses, les Fées, les Sylphides, les Bergères, me plaisoient également. Je ne faisois
aucune attention à leur taille. Qu'elles fus-
sent grandes ou petites, minces ou épais-
ses, blondes ou brunes, noires ou bazan-
nées, peu m'importoit. Je n'ai jamais vu
sortir une Nymphe du bain, sans en être
ému. Je ne sentois rien de ce charme su-
prême qui réside au fond des ames. Mais
l'expérience a tempéré ma vivacité trop
impétueuse. Actuellement, la Nayade la
plus pétulente, la plus jeune des Graces,
Vénus même au bain, ne peut me faire
quitter mon sang froid. La femme la plus
accomplie n'agit sur moi que par réverbé-
ration ; c'est comme lorsque l'image du
soleil se peint dans un nuage. J'ai appris
d'un Philosophe Grec à connoître le beau
essentiel. Le nectar que nous buvons me
semble déja trop matériel. Et si jamais je

parviens à comprendre tout-à-fait Platon ;
je ne désespère pas de porter la perfection
jusqu'à me nourrir seulement d'air et d'i-
dées. . . . Il faut que je vous fasse connoître, en ce jour, belle Déesse, l'espèce
de sentiment qui m'atache à Ganymède.
Je conviens que la beauté de son esprit
et la délicatesse de son ame m'ont subjugué. C'est l'aménité de ses mœurs, c'est
l'innocence peinte dans ses yeux, qui me
le rendent cher. le vrai beau n'est sensible
qu'à l'entendement, et ne produit rien de
commun. Enfin, quoique Ganymède soit
aussi beau que l'Amour, quoique Diane
ne se prive qu'avec peine de lui l'ancer
des regards étincelans d'Amour, Ganymède, malgré toutes ses belles qualités, ne
me paroît qu'un esprit couvert d'un capu-
chon. . . . .

Jupiter finit, fait une profonde révé-
rence, part, et laisse à son épouse la li-

berté de réfléchir sur-tout ce qu'il lui a
dit. Junon le rappella , mais trop tard. Il
s'étoit proposé de s'arrêter , ainsi qu'on le
conseille aux Orateurs , à la plus belle pen-
sée de son discours. Il alla chercher Ganymède.

La Déesse s'emporte. Elle n'est plus
maîtresse de ses propres mouvemens. Join-
dre la raillerie à l'outrage ! cela mérite
vengeance. Jupiter sera puni , et puni par
son Favori même.

Elle tire la sonnette de son appartement.
Iris vient. On l'instruit de ce qui s'est passé.
Mais Iris n'apprend rien de nouveau. Elle
avoit tout entendu, en appliquant l'oreille
contre le trou de la serrure. Iris , éduquée
à la manière des Soubrettes , désaprouve
hautement la conduite de Jupiter et ses
galanteries. Ma foi ! Madame, s'il m'est
permis de le dire , vous êtes bien
bonne : aussi , pourquoi toujours pardon-

ner ? Par le Styx ! si j'étois à la place · de Madame, le premier Satyre m'en vengeroit plutôt. Mais vous n'êtes pas réduite à cette extrémité. Les Vengeurs ne vous manqueront pas. Vous n'avez qu'à parler. Votre goût seul doit fixer votre choix.

Ces propos trop libres font rougir la Déesse jusqu'au blanc des yeux. Elle défend à Iris de jamais parler de la sorte. La Soubrette se conforme à la volonté de sa Maîtresse ; mais, dès qu'elle en trouve l'occasion elle fait adroitement , tomber la conversation sur Ganymède. Son projet réussit. Junon paroît distraite. On diroit qu'elle ne fait aucune attention au sujet dont on l'entretient. Elle badine avec un petit chat. Cependant, ses yeux s'animent, son fichu s'élève, et la rougeur qui se répand sur son visage , est une preuve qu'elle ne perd pas une syllabe de tout ce que lui dit Iris.

Dès le moment que la Déesse vit Ganymède, elle fut sensible à ses charmes.
Elle ne le haït, d'abord, que par la crainte
de l'aimer trop. Quoique la haïne et l'a-
mour soient diamétralement opposés, il
est facile de passer de l'un à l'autre. Nous
l'avons déja dit, Ganymède étoit beau
comme le jour. Il ne lui falloit que des
rayons pour ressembler à Apollon : et s'il
eût eu des aîles, on l'auroit pris pour le
Dieu de l'Amour. Ajoutez qu'il étoit à cet
âge, où l'on croit prendre un nouvel être,
à cet âge où tout sourit, engage et séduit,
où le droit des jeunes Chloës, comme on
le lit dans *Longus*, est transmis à des beautés plus expertes.

Pour ce qui regarde Ganymède, con-
tinua Iris, il n'y a point de tems à perdre.
Un jeune homme, en dépit de la timidité,
s'engage aisément dans les sentiers de
l'Amour. Il n'y a que quelques tems qu'l

dalie lui lança un regard si animé, qu'il avoit presque l'air d'une déclaration en forme. Cerès même semble avoir des prétentions sur lui. Elle porte certaines armes qui lui tiennent lieu de ce que ses yeux ne peuvent faire. Toutes les fois que Ganymède est assis à ses côtés, elle s'occupe à rajuster son fichu ; et un jeune homme sans expérience peut bien se laisser prendre à un pareil hameçon. Enfin, s'il m'est permis de dire mon avis, le tems presse ; et cette règle des grandes ames, qu'il faut hasarder le tout pour le tout, me paroît très - bien appliquée en cette occasion.

L'avis est bon. Mais se relâcher aussi vîte qu'Iris le conseille, sur le cérémonial de la vertu? Voilà de quoi révolter la majesté de la Déesse. Qu'y faire? Des Ganymèdes ne se laissent prendre que comme cela. Ce qui porte la vigueur de

la jeunesse dans les bras perclus d'un Tithon ; ce qui séduit un Hypolite , émeut
bien un cœur sans expérience , mais ne
l'encourage pas. Il soupire sans rien oser ;
aucun signe ne l'instruit ; un sourire ne
peut l'enhardir ; il est sourd à l'heure du
Berger. C'est envain qu'on lui demande
quel peut-être le sujet de sa crainte. Il
tremble toujours , et au lieu de vous re-
remercier , il se jette à vos pieds , balbutie
et se plaint. Il ne voit point l'avantage qui
résulte pour lui d'une situation que l'on n'a
pas imaginée pour inspirer du respect. La
palatine se dérange, et ses mains restent liées.
Il voit cent traits de beautés , et ses mains
n'osent y toucher. Semblable à Tantale, il
meurt de soif à la source du plaisir. De
grosses larmes sont suspendues dans ses
yeux. Peu à peu son bras se résoud à ser-
rer la belle. Elle le repousse foiblement ;
et ses yeux démentent le geste qu'elle fait.

Un

Un Hélas voluptueux lui prédit la victoire, et lui enjoint de tout oser ; mais
lui . . . ma foi, Madame, je ne le croi-
rois pas, si je n'en avois, moi-même, été
témoin. . . . Il s'imagine qu'elle gronde :
il en est au désespoir, et gémit de la
cruauté de sa belle.

Miss Iris peignoit d'après nature. . . .
Pourquoi ? C'est qu'elle et Ganymède
avoient déja fourni la poësie du tableau.

Madame, continua-t-elle, il est clair,
par tout ce que je viens de dire, que la
fausse honte, la timidité, et même, si on
le veut, la vertu d'une jeunesse sans expérience a plus d'une fois porté préjudice
aux charmes les plus puissans. On ne l'emporte qu'à force d'encouragemens, de com-
plaisances, et même de ruses. Quoiqu'il
en coûte à notre fierté, il nous faut souvent faire les premiers pas. . . . . . Moi ?
dit Junon ; je me déterminerois à faire des

N

avances ? Jamais. ——Quels scrupules , Madame ? Vous aimez donc mieux vous satisfaire des restes de Cérès ? ——Soit Donc ! Je dois me venger. Cependant, je ne puis seule m'en charger. Aide moi ! prépares-y Ganymède !

La Soubrette se charge volontiers de la commission ; et pour ne pas perdre de tems , elle s'en acquite la même nuit avec toute la circonspection possible. Un petit bosquet de mirthes et de jasmins, peu éloigné du siége des Dieux , doit être le rendez-vous d'Iris et de Ganymède. On ignore s'il faisoit clair de lune ou non : mais on sait positivement que la Soubrette eût bien-tôt trouvé moyen de triompher de la timidité du jeune homme. A peine l'eut-elle aidé à surmonter la première difficulté , que toute espèce de crainte disparut. Elle sût le tenir sans cesse en haleine ; et je doute que jamais Ecolier ait

fait d'aussi rapides progrès, en une seule
nuit.

Cependant la cloche annonce le retour
de l'aurore. Le couple sort, à petits pas,
du bosquet ; et la fidelle Iris, court au
chevet de Junon , lui faire un rapport cir-
constancié. . . . . . De tout ? . . . Eh !
mais, pourquoi non ? Elle peint en détail
l'espèce de feu qui consume le cœur de
Ganymède, depuis que les charmes de
Junon l'ont ébloui. J'ai eu toutes les peines
du monde à lui arracher son secret ; mais,
à la fin , il lui a fallu céder. Le bel enfant !
comme il rougissoit ! je crois , même,
qu'il répandoit des pleurs. Je lui nommois
toutes nos Beautés : est-ce Pallas, Cypris,
Pommone que tu aimes ? —Non ? —Est-
ce Diane, est-ce Flore, est-ce Hébé ?
—Non. —Par les flèches d'Amour ! c'est
donc Junon ? Alors il est devenu plus pâle
que Narcisse, et un instant après, plus

rouge qu'Amarante. Mais j'en dis trop: vous ne devriez pas savoir tout cela. Il m'a expressément recommandé de garder le secret. J'aurois tort de dire qu'il ne m'a pas touchée. Aussi n'ai-je pu me résoudre à le renvoyer sans consolation. Il soupiroit avec tant de graces ! voilà ce qu'on peut appeller aimer ; mais l'on n'aime ainsi qu'une fois. Je vous prie de ne pas différer davantage l'époque de son bonheur. A quoi bon la retarderiez-vous ? Si vous croyez que votre époux soit esclave de sa parole, vous vous trompez : il a encore disparu. J'en ai été instruite par une de nos Heures qui étoit à la croisée , quand je suis passée. Il est parti sans bruit avec Mercure. —Pour où ? —C'est ce qu'on ignore. Il est sans doute allé , comme coq ou comme cygne , courir après une nouvelle Léda. Madame , qui vous empêche de l'imiter ? Le jour est beau, et semble

destiné à s'écouler au milieu des plaisirs.
Si après vous être baignée, vous vous
laissiez surprendre?.... Vous dormirez
profondément. Il vous comblera de caresses, de baisers : cela lui donnera du
courage : il ira de dégré en dégré. La seule
chose que je crains, c'est que vous ne
vous éveilliez trop tôt. Quant à sa timidité,
j'en fais mon affaire. Je demande votre
consentement. Le reste me concerne.

La Déesse sourit, et lui défend, par un
signe de tête, de n'en rien faire. Dans le
même instant, elle rougit. Iris a de l'esprit.
Elle va conférer avec Ganymède sur ce que
Junon veut et ne veut pas. Le soir vient.
L'épouse de Jupiter court au bain, et s'y
fait servir par les Heures. Leur office étant
fini, elle les renvoye. Iris seule demeure
pour lui rendre les services nécessaires.
Son emploi rempli, elle souhaite un bonne
nuit à sa Maîtresse, fait semblant de fermer

la porte ; et se retire. Saturnie , ainsi qu'on
en étoit convenu, étoit ensevelie dans un
profond sommeil , lorsque Ganymède pa-
rut. Fatiguée du bain , elle étoit couchée
sur un lit de repos, dont un petit amour
soutenoit les rideaux de gaze d'argent. Une
guirlande de fleurs ne cachoit qu'à demi
ce qu'une robe d'étoffe auroit tout-à-fait
soustrait aux regards d'un curieux. Son
sein à moitié découvert palpite vivement.
Si Jupiter la voyoit, il seroit ému comme
l'est son ami. Ganymède conserve , à
peine, la force de respirer. Cependant il
ose imprimer le baiser le plus ardent sur
l'objet qui l'enchante. Comme il craint
qu'elle ne s'éveille ! mais, qui auroit la
force de finir ? Un tel aspect n'invite-t-il
pas à être téméraire ? Le jeune Berger le
devient, et la couvre de baisers. Elle sera
forcée à s'éveiller. Un profond soupir lui
échappe : elle ouvre des yeux qui annon-

cent un agréable délire , et elle les referme aussi-tôt.

Par malheur , Jupiter revient en ce même moment, de sa tournée. Mercure lui propose de gagner le jardin des Dieux , pour s'y délasser dans le bain , dont ils voient encore les vapeurs s'exhaler.

. Ils arrivent, , et Iris ne les voit pas. A quoi pouvoit-elle donc être occupée ? La mauvaise espionne ! le sommeil ne l'auroit-il point trahie ? . . . . Non. Le jeune Zéphyr avoit trouvé Iris en sentinelle , qui se rongeoit les ongles d'ennui. Zéphyr étoit galant ; Iris étoit jolie , et extrêmement tendre. Le fils d'Eole prend la jeune Soubrette par la main , lui dit mille jolies choses, et la fait asseoir , sans qu'elle s'en apperçoive , dèrrière un buisson , où il est à présumer que, de tems en tems , ils se donnèrent quelques baisers. Iris n'est jamais convenue qu'il se fût passé rien de plus dans ce tête-à-tête.

Cependant, Jupiter arrive vis-à-vis de l'appartement, dont il trouve la porte fermée. Il présume de-là, qu'il y a quelqu'un. Soit par curiosité, ou qu'il ne voulût que se récréer un inſtant, il s'approche de la fenêtre . . . Le rideau en étoit tiré ; mais il entendit (car les Dieux ont l'oreille fine) : il entendit certaines choses qui l'autorisèrent à penser que son épouse n'étoit pas seule au bain. Ce qu'on se dit lui donne des soupçons : il se grate le front ; l'oreille droite lui tinte : il se rapetisse comme le plus petit Diable de Milton, se glisse dans la salle, sans être apperçu, et jouit, de sang froid, du plus étrange spectacle. Ce qui outrage le plus les Mortels, est souvent indifférent aux Dieux. Il n'est qu'étonné de voir sa femme plus habile qu'il ne le croyoit. Plus il regarde, plus sa surprise augmente. Par le Styx ! s'écrie-t-il, l'apparence est bien trompeuse !   AURORE

AURORE
ET
CÉPHALE.

LA nuit regnoit encore sur notre émisphère ; les valons étoient dans le silence, la campagne étoit déserte ; les Nymphes étoient couchées auprès de leurs urnes ; les Faunes yvres, appuyées sur leurs outres, se livroient aux douceurs du repos : la Reine des heures venoit de finir sa danse circulaire, et chacune de ses Sujettes dormoit sur des fleurs ; en un mot il étoit minuit, lorsque, pour la première fois, Aurore quitta le lit de Tithon.

Cette létargie, qu'elle avoit tant de fois reprochée à son époux, la servit à souhait en cette occasion. Elle retire peu à peu le sein sur lequel il ronfle, lève la côuverture avec des mains de Zéphyr, se glisse de dessous, le recouvre sans bruit, endosse une robe légère, et lui souhaite intérieurement une bonne nuit.

Elle trouve, dans son anti-chambre, les Heures enchaînées par le sommeil. Une seule d'entr'elles, au moment que la Déesse passe, s'éveille, sort d'un rêve qui, quoique terrible, ne lui déplaisoit pas à beaucoup près. Elle jette un cri, comme font toutes les Nymphes, non pour être entendues, mais pour que l'on redouble de caresses. Aurore s'enfuit, saisie de peur ; et l'Heure, pour achever son rêve à son aise, se met sur l'autre oreille et se rendort.

La Déesse se dépêche, attelle elle-même, pour la première fois, trois jumens, couleur de roses, à son chart d'ar-

gent , et se fait traîner vers le Mont-Himet-
tus. Dès son arrivée , elle y met pied à
terre ; elle laisse son équipage dans une
grote , et porte ses pas du côté où elle
croit trouver le beau Céphale.

Aurore ? . . . Aurore ? le modèle des
femmes sages. Aurore , dont Homère a
tant vanté la fidélité aux jeunes épouses
des vieux maris ? Elle, qu'on proposoit
comme le plus rare exemple de son sèxe,
qui ne sourioit qu'à son Tithon, qui , quoique son mari eût des cheveux blancs et
l'oreille très - dure , ne s'occupoit qu'à le
récréer , à lui faire oublier ses infirmités ;
elle qui le veilloit des nuits entières , qui
lui chatouilloit les pieds, lui tâtoit souvent
le poulx , le rèchauffoit entre ses bras,
prenoit plaisir à lui réciter des contes jusqu'à ce qu'il fût endormi ! Aurore , après
avoir donné à Tithon tant de preuves de
sa tendresse , changeroit tout - à - coup ,

et se livreroit à des feux étrangers ?

Oui, elle sortit à la sourdine de chez son vieux mari . et alla chercher les baisers du beau Céphale.

Helvetius et Buffon vous diront que cette conduite est toute naturelle ; mais l'un et l'autre, ainsi que s'en plaignent quelques pieux Docteurs, pensent très-librement. . . . .

C'est sur les hauteurs de l'Himettus qu'Aurore vit Céphale, pour la première fois. Il étoit en habit de chasseur, armé d'un arc et d'un épieu. La vertu la plus sévère s'oppose-t-elle à ce qu'on voye ce qui est visible ? Aurore porte ses regards innocens sur le jeune Céphale, et s'arrête sur une nûe, pour le parcourir des yeux, sans penser au péril dont elle est menacée. Si le Chasseur avoit des charmes, étoit-ce la faute de la Déesse ?

D'abord, elle s'en tint-là. Mais l'ayant

rencontré une seconde fois qui dormoit ,
elle ne put résister à l'envie de descendre
de son char , pour le regarder de plus
près. Souvent , telle personne paroît belle
au crépuscule , et se montre peu avanta-
geusement au grand jour. Aurore veut
s'assurer de ce qu'il en est par rapport à
Céphale. L'autre jour elle étoit passée
trop rapidement. Quel mal y a-t-il de s'approcher ? Elle le fait ; elle le regarde de
plus près qu'il lui est possible. Qu'elle est
agréablement surprise de voir. . . . . de voir
Tithon même !

Tithon ? — Oui. Mais tel qu'il étoit lorsqu'elle le vit dans une troupe choisie de
Phrygiens , qu'il surpassoit tous en beauté ;
tel qu'il étoit lorsque sa brillante chevelure , d'un châtain clair , lui descendoit
jusqu'au bas de sa taille ; lorsque son
visage ne respiroit que l'amour et le goût
des plaisirs.

Plus elle contemple le Chasseur , plus elle aime à se faire illusion. Maintenant, elle se prête , sans inquiétude , à toutes les impressions de sa nouvelle flamme. Elle trouve une sorte de charme à aimer son cher vieillard dans la personne de Céphale. Avec quel plaisir, avec quelle tendresse elle fixe ses regards amoureux sur le portrait de Tithon, au printems de son âge ! Autrefois , il étoit ainsi paré de toutes les graces. Avant que le poids des années l'eût énervé , son bonheur étoit inexprimable. Aurore, dans l'yvresse de ses plaisirs , le pressoit souvent contre son sein.

C'est ainsi que, selon les Dogmes du divin Platon , le jeune Callias contemple et chérit dans sa Danseuse le souverain bonheur dont se repaissent nos esprits avant que de venir habiter nos corps. Si son agréable gosier lui chante un couplet Anacreon-

tique en l'honneur des Graces, le jeune
fou extasié croit entendre les accords des
sphères. Un baiser de ses lèvres amoureuses
rappelle à sa mémoire son ancien état,
qui le rendoit égal aux Dieux. Tout-à-
coup, il voit le Ciel s'entrouvrir; chaque étoile lui paroît une fois plus brillante; il monte, il se perd dans l'essain
des esprits qui s'abreuvent de nectar; il
croit tomber dans la source de la lumière;
et il tombe . . . dans les bras de Phriné.

La ressemblance entraîne souvent à de
doux égaremens: c'est une thèse prouvée
par l'expérience, et que personne ne peut
nier. Séduite par les rapports, Aurore vit,
dans le beau Céphale, Tithon rajeuni. A
peine l'apperçut-elle, qu'elle résolut de
passer avec lui des quarts d'heures agréables. S'il le vouloit, nous pourrions, dit-
elle en elle-même, nous transporter dans
le tems de la jeunesse de Tithon. Alors je

savois goûter des plaisirs qui l'emportent
sur celui de poursuivre des bêtes fauves.

Tout cela avoit précédé comme nous
l'avons dit, lors qu'Aurore quitta, de si
grand matin, le lit de Tithon, pour chercher son Chasseur. Avec quel plaisir son
oreille attentive écoute, entend la voix
des braques légers qui s'élancent dans la
forêt! autrefois elle aimoit à entendre le
chant matinal des alouettes, voisines de
son char; mais aujourd'hui l'aboyement
d'hilactor lui tient lieu de la musique la
plus harmonieuse. Elle voit marcher les
Chasseurs allertes ; le cors sonne, la forêt
se réveille ; les chiens glapissent; le che-
vreuil timide s'enfuit, et tout-à-coup le
jeune Céphale se sent attiré et emporté
dans les airs par une Puissance inconnue.

Frappé de son avanture, il ne conçoit
rien à ce qui lui arrive. La peur le saisit,
il ferme les yeux, et croit voir un monstre

qui

qui le menace, la gueule ouverte. Ne
ouche-t-il pas au dernier instant de son
existence ? Cependant des parfums d'. m
broisie, portés au-devant de lui en tour-
billons, des parfums plus doux que ceux
qui nous viennent des Parages de Ceylan,
l'encouragent. Il ouvre les yeux. O! qui
ne souhaiteroit de voir ce qu'il vit alors ?

Représentez-vous, si vous le pouvez,
une salle de nacre de perles portée sur des
colonnes de rubis ; dans cette salle un lit
en pavillon, entouré de rideaux de gaze
couleur de rose, et richement brodés ;
sur ce lit, ce que Jupiter même n'auroit
pas vu de sang froid, la plus belle Fée
que votre imagination puisse se former.
Actuellement, voyez cette beauté dans
l'attitude que le Titien donne à la Déesse
de l'Amour, et dans ce faux jour où la
pudeur timide est le plus disposée à se
rendre. Elle étoit vêtue, mais si légère-

P.

ment, que le plus petit Zéphyr pouvoit déranger sa robe. On appercevoit le mouvement ondoyant de son sein, au travers du crêpe qui le couvroit. . . . . Représentez-vous tout cela, et n'en soyez pas ému. Le moyen !

Le jeune Chasseur le fut. Au moment même que les attraits de cet objet le surprirent, il se trouva à ses pieds.

La Déesse, comme il convient, est surprise de le voir si près d'elle ; et Céphale lui fait sentir , en termes figurés, toute l'impression que tant de charmes font sur lui. La liberté qu'il prend est mise, selon l'usage, sur le compte du destin. Pourvu qu'Aurore ne le haïsse pas, il est prêt à subir la plus rigoureuse punition.

La Déesse veut bien lui avouer que des gens faits comme lui ne sont guères exposés à la haine d'autrui , et elle est inca-

..pable de répugner à l'estime d'un aimable homme. C'est au tems à développer jusqu'ou son cœur est susceptible de tendresse. Avec de la constance et du courage qu'on fait de chemin en Amour! outre le droit de la regarder, elle veut bien accorder à Céphale une entière confiance en son maintien respectueux.

Le jeune homme, par reconnoissance, atteste que sa conduite sera toujours celle de la modestie. Par cette même reconnoissance, dont il est pénétré, il baise cent fois la main de la Déesse; et quand, par distraction, celle-ci la retire, la bouche du beau Chasseur s'égare. . . . . Voyez donc les Muses! ces petites prudes font semblant d'être honteuses, et s'arrêtent tout court. . . . . Mais, moi, je ne sais rien dissimuler. . . . s'égare . . . . qu'il est facile de s'égarer! . . . . sa bouche s'égare et rencontre le sein de la Déesse.

Qui, une fois, dit *Marcus Tullius*, ailleurs que dans son Livre sur les mœurs,
qui une fois a franchi les bornes de la bien-
séance, ne fut-ce que du pied gauche,
fera bien, au lieu de s'arrêter à moitié
chemin, de pousser l'indiscrétion jusqu'où
elle peut aller.

En pratique cet axiome a besoin d'être
commenté. Les jeunes gens hardis et pré-
somptueux, s'y conforment trop stricte-
ment. Mais Céphale se trouva bien alors
de la maxime de Cicéron. Il hasarda de
degré en degré : si bien qu'à force d'hasarder, il ne lui resta rien à franchir.

Si la Déesse céda à son impétuosité,
elle ne fit que ce qu'elle avoit résolu
depuis longtems. Il n'en étoit pas de même
de Céphale. Le bonheur qui l'égale aux
Dieux, lui avoit été ménagé par le sort.
Ce charme, cette douce yvresse qui
avoient étouffé en lui la voix de la vertu,

de la fidélité, furent enfin dissipés.

Tandis que sa bouche s'égaroit, son imagination lui retraçoit Procris dans la personne d'Aurore. Dieux! qu'elle lui ressemble! ah, c'est elle, elle-même. Voilà son front, ses cheveux, son sourire, voilà comme les beaux yeux de Procris s'innondent dans l'excès du plaisir. Séchons ces précieuses larmes par des baisers! il pensoit ainsi; et Aurore entretenoit cette illusion.

Cependant, comme le plus grand délire cede, enfin, à la vérité, après un baiser mille fois répété, la ressemblance qu'il trouvoit entre Aurore et Procris, ne lui paroissoit plus si parfaite. La vapeur qui l'avoit ébloui se dissipe. Il rêve, et commence à se reprocher d'avoir prodigué tant de caresses à la femme de Tithon. Envain, par des regards animés, celle-ci tâche de ralumer les feux de son Amant;

envain elle lui tend des bras qui l'invitent
à de nouveaux plaisirs. Les ris se retirent,
et font place à la satiété, au repentir.

Bien-tôt on en vint à une explication,
à de plus amples éclaircissemens: et Céphale, en proie à la honte et à la douleur,
begaye ce qui suit :

Il n'est que trop vrai, ô Déesse! que
ma conduite offense vos charmes, et ne
me laisse que de la confusion. Moins
déconcerté par les justes reproches que
vous avez à me faire que par ma propre
faute, je vous jure, par le Dieu de la
lumière, que je ne sais que vous dire...
Monsieur, il est inutile de vous expliquer
plus clairement. Vos premières paroles
veulent dire, si je ne me trompe, que
vous ne m'aimez pas, et que vous ne m'a-
vez jamais aimée.

Hélas! ce n'est que trop vrai, s'écrie
Céphale plongé dans la tristesse, tandis

qu'Aurore lui rit au nez. J'avoue que j'ai
commis deux perfidies à la fois, que je
suis doublement coupable. Indigne du
bonheur dont vous m'avez permis de
jouir, je ne vous ai pas aimée un seul
instant, et je n'ai pensé qu'à celle....à
la seule, sur la terre, pour qui j'ai une
véritable tendresse.

Le compliment, reprit la Déesse, n'est
pas flateur ; mais il est vrai. Peut-on savoir le nom de celle qui est assez heureuse pour posséder votre cœur?

Je sens que l'apparence est contre moi,
et je le sens avec douleur ; mais pardon-
nez-moi, si je suis forcé à parler si clairement.... Vous n'aviez que mes baisers,
tandis que mon cœur étoit à Procris. Dès
l'enfance, nous étions inséparables, nous
nous aimions aussi tendrement que l'on
puisse s'aimer. Nous ne connoissions de
plaisir que celui de nous prodiguer des

caresses mutuelles, de reposer ensemble
sur des lits de roses. Quand elle n'étoit
pas avec moi, je la cherchois par tout,
dans les bo quets, sous l'ombre des ti-
leuls, au bord des fontaines. Nous échan-
geâmes nos cœurs sans savoir pourquoi.
Nous grandîmes ainsi l'un et l'autre au
milieu des plaisirs et de l'innocence ; mais
bientôt mes devoirs m'arrachèrent d'auprès
d'elle. A nos jeux succédèrent les travaux
de la guerre. Je m'éloignai de Procris ;
mais son image me suivoit par-tout ; elle
étoit sans cesse présente à ma mémoire.
Des desirs inquiets et douloureux m'arra-
choient des larmes, me privoient du so-
meil pendant des nuits entières. Aucun
jour ne me paroissoit serain, le Ciel n'é-
toit plus azuré ; au printems je ne voyois
plus rajeunir la nature. Mais aussi - tôt
qu'on eût une Fête à célébrer, et que les
jeunes Filles osèrent y assister, je vis
Procris.

Procris. Elle étoit vêtue de blanc, et couronnée de roses. Hébé avoit moins d'attraits. O Dieux! êtes-vous plus heureux que l'étoit alors Céphale? Je l'apperçois. Mes regards immobiles semblent dévorer ses charmes. Elle me cherche aussi. Nos yeux se rencontrent. Elle soupire, détourne la tête. Mais bien-tôt l'Amour qui agit sur son cœur, la force à me regarder avec tendresse. Elle sent . . . . . . A merveille, Monsieur. Elle sent ce que sentent toutes les Filles. Et vous qui avez l'ame si sensible, dites-moi à quoi aboutissent tous les propos dont vous venez de m'excéder? Vous vous aimiez; voilà tout: nest-ce pas? Que ne preniez-vous plutôt le Roman par la queue? Je gagerois qu'il finit par une nôce.

Pour abréger, poursuivit Céphale, je vous dirai qu'il y a trois ans que l'Hymen a comblé nos vœux, et que j'éprouve

Q

dans les bras de Procris, que ce n'est que
le faux amour qui est susceptible d'affoi-
blissement. Ce n'est pas celui qui règne
en nous. Semblable au Phénix, il renaît
de ses propres cendres. ——Voilà ce qui
s'appelle aimer ! qui auroit pu se flater de
vous rendre infidèle ? ——Vous savez, belle
Déesse, que cela ne vous a pas été impossible, parce que tout ce qui me rappelle Procris, sa beauté, son regard me
ravit. Sous ses attraits, le stratagême devoit réussir à l'Amour, et, sut-tout, dans
le crépuscule. Mais, avec plus de sang
froid, et en plein jour, je défie Venus
même de m'attraper une seconde fois.

La Déesse lui répond, avec un sourire,
que ce qui est arrivé une fois, peut être
réïtéré. Le Chasseur lui jure qu'il ne la
prendra jamais plus pour Procris.

Et, pensez-vous, lui demanda Aurore,
que, par un retour de fidélité, elle mérite

que vous lui fassiez le sacrifice des faveurs d'une Déesse ? Les cœurs que l'on ose attaquer restent rarement *invaincus*. Vous connoissez les piéges de l'Amour. Une femme tendre est toujours en danger. Danaë fut bien surveillée ; mais une pluie d'or pénetre par-tout.

Soyez sans inquiétude, reprit Céphale. Jupiter même poursuivroit inutilement Procris. Le Prince des Dieux ne règne pas plus paisiblement sur l'Univers, que moi sur le cœur de mon épouse.

Tu es heureux, lui dit Tithonie ; à la bonne heure. Je suis bien éloignée de vouloir te rendre ton épouse suspecte. Cependant, souviens-toi de ce qui vient de t'arriver. L'occasion et la jeunesse ont de grandes prises sur la vertu. Les piéges de l'Amour sont d'autant plus à craindre, que souvent on ne les apperçoit pas.

Aurore, qui parle avec connoissance de

cause, s'exprime si éloquemment sur l'occasion de faillir; elle cite tant d'exemples de la foiblesse des mortels, que sa ruse lui réussit. Le jeune homme s'abandonne à ses réflexions, et rêve tant à ce qu'on vient de lui dire, qu'enfin il croit Procris, sinon capable de tomber, au moins de hésiter.

Déja la jalousie, qui n'étoit jamais entrée dans son cœur, le trouble. Ses genoux tremblent; il porte la main sur ses yeux, et son imagination lui représente, dans une grotte, à un foible clair de Lune, ce que tout mari prudent ne croiroit pas, même sur la parole du Dieu de Delphes. Vision terrible ! elle se dissipe, à la vérité; mais l'inquiétude qu'elle a produite reste. Après tout, il est très-possible de voir faillir une femme. Procris seule seroit-elle insensible à l'attrait du fruit défendu ? Peut-être que oui.... peut-être que non.

C'est ce doute qui le tourmente. Quoiqu'il lui en coûte, il faut qu'il s'éclaircisse,
qu'il se tranquillise.

En pareil cas, lui dit la Déesse, on a
coutume de recourir à quelque ami, pour
s'assurer du fait. Mais bien des maris ont
eu sujet de se repentir d'avoir employé
ce moyen. Prends, poursuit-elle, en tirant
de son doigt une petite bague, prends ce
talisman. Par sa vertu, tu paroîtras devant
ta femme comme étranger, si tu le veux.
Tu seras ou vieux, ou jeune, ou beau,
ou laid, ou pauvre, ou riche : il ne t'en
coûtera qu'un souhait. De cette manière,
tu pourras toi - même en faire l'expérience. Si elle tenoit bon, si elle t'étoit
fidèle, n'oublie pas de sacrifier à la fortune. Si c'étoit le contraire, il ne t'en
restera, au moins, aucun vestige sur le
front ; et, quand tu en pleurerois, per-
sonnne ne seroit dans le cas d'en rire.

Céphale consent à tout ce que lui propose la Déesse. Il la remercie, lui baise la
main et se retire. Comme il lui tarde d'être
parvenu à sa destination! il trouve à la
porte d'Aurore un cheval couleur de
rose, bridé et sellé. Il monte dessus, et
s'en va au grand trot, comme s'il eût
perdu beaucoup de tems.

Procris, selon l'usage du pays, étoit
assise, comme Homère nous représente
Calipso, au milieu d'une troupe de jolies
Filles. Les unes filoient, les autres retor-
doient le fil; celle-ci travailloit au mé-
tier, celle-là raccommodoit du linge, et
l'épouse de Céphale s'occupoit à broder
un voile qu'elle se proposoit d'offrir à Minerve. L'Auteur de l'Iliade vous décriroit
fastueusement ce qu'elle y brodoit: par
exemple, si c'étoit le soleil, la lune, les
étoiles, les pôles, le siège des Dieux, le
cours de l'Erébe, le continent renfermé

par l'océan, l'air, les montages, les valons, une belle campagne exposée aux
rayons du soleil, une forêt où nombre
d'oiseaux accordent leurs gosiers mélo-
dieux, des Nymphes qui badinent et nagent dans un fleuve d'argent, &c. &c. &c.
Mais on ne nous pardonneroit pas ce que
l'on passe à Homère. Il nous suffit de dire
que Procris étoit assise et quelle brodoit,
lorsque Monsieur Amphibolis, qui d'abord
gagna la confiance de la Femme de cham-
bre, lui fut annoncé.

Elle voulut refuser l'entrée de sa maison au nouveau venu ; mais la Soubrette
lui représente que c'étoit un homme hon-
nête, de bonne mine, qui voyageoit, et
qui apportoit des nouvelles de Monsieur.

On le fait entrer. On entend sa proposition. On l'en remercie : on s'excuse,
et il part. Comme on ne l'avoit presque
point regardé en face, il présume que ce

n'est pas sa figure qui lui a gagné la bien-
veillance de la Suivante. En effet , Monsieur Amphibolis n'étoit pas , à beaucoup
près , beau comme Narcisse : il n'étoit pas
jeune non plus. C'étoit un bon Marin ,
robuste , prompt comme son élément , qui
s'expliquoit en peu de mots et sans fard.
Outre cela, il avoit le nez gros et la
bouche très-grande. Les Dames secouent
la tête. . . . . Un moment ! je conviens
moi-même qu'il n'étoit pas bel homme ;
mais il étoit muni de quelque chose qui ,
avec cet air de bon aloi . . . (Vous tour-
nerez la tête tant qu'il vous plaira . . .)
enlève les belles , applanit les bosses,
couvre de graces les loupes les plus dé-
goutantes. En un mot, il avoit . . . . de
l'argent, des perles, des diamants, des
émeraudes , des rubis , &c. &c. &c.

Avec de telles armes, Monsieur Amphibolis se croyoit sûr de la victoire. Il ré-

pand

pand des perles dans toute la maison.
Tous les cœurs volent au-devant de lui et
de son or. Procris seule n'en est pas
émue. Au grand regret de ses Filles, elle
voit rouler les guinées de sang froid. Jean
Lafontaine ! ose dire encore que la clef de
la cassette est celle des cœurs ! croyez-
vous qu'il suffise de calomnier ainsi les
Belles, sans faire exception des rangs, des
personnes ? Vous ne parliez, sans doute,
que des Nymphes qui . . . Quant à celles-
là, je vous l'accorde. Elles sont venales à
Rome comme à Gambaie, à Cambaie
comme à Paris. Je vous l'accorde aussi
quand vous parlez de certaines Comtesses,
Marquises, Baronnes, &c. joueuses, qui
aiment assez qu'on les prie, qu'on les sol-
licite argent comptant. Mais affirmer hautement que l'on peut faire vendre à discrétion la femme la plus sage, avec de
l'or, c'est attenter à la gloire des Belles,

R

c'est insulter à la majesté de l'Amour.

L'exemple de désintéressement qu'a donné Procris, fait honneur à son sèxe. Le Marin lut dans ses yeux que le mirthe ne reverdissoit point ici pour lui; et qu'avec tout l'or qui se trouve dans le pays des Bramines, on ne pourroit acheter le cœur de la Dame du logis. Il ferme sa boutique, prend son bâton et s'en va. Il est plus content au fond du cœur, qu'il ne le paroît. Mais bien-tôt après il revient sous la forme de Séladon, accompagné des ris et des jeux.

Créuze ! peignez-nous aux pieds de cette Philis un beau Garçon, dont le minois soit arrondi, comme celui d'une Bergère : peignez-le nous avec des cheveux d'un beau châtain clair, des yeux noirs, que sa taille soit déliée, élégante, que lui-même soit leste comme Zéphyr, flateur et hardi comme un Abbé.....

Séladon plaît dès la première visite ; à
la seconde il fait palpiter ; à la troisième ,
on échape des soupirs qui ressemblent à
de petits Amours ; à la quatrième, l'Epouse
de Céphale est surprise de n'avoir pas
encore remarqué combien Séladon ressemble à son mari ; à la cinquième , le
Berger lui fait l'aveu des tourmens qu'il
endure. Rien de si touchant : c'est le ton
avec lequel Céphale gémissoit autrefois à
ses pieds.. ... A la sixième..... Comment ! s'écrie, ici, un jeune Fat qui a
appris d'Angola à venir, à voir et vaincre :
à la sixième ? Quel mensonge ! parbleu !
Monsieur, jamais on ne se donna tant de
peines. Une Belle que j'ai honorée de ma
flamme, ne s'est défendue qu'autant d'heures que Procris a résisté de jours . . . . .
Dernièrement, Amarinte et moi surprî-
mes Climène et Nerine. Vous savez comme
on vante leur vertu ? Eh bien ! le Roman

fut commencé et fini dans une nuit. Demandez de mes nouvelles à la fière Célie,
à la petite Rosette. . . . . . . Fort bien,
Monsieur le Fat, nous connoissons votre
mérite. Cunegonde se seroit même rendue
dès la première heure. Mais on n'appri-
voise pas si vîte une Procris. Bref, au
bout de sept jours entiers, la nuit vint,
et cette nuit s'étoit, déja, à moitié écou-
lée, lorsque Séladon ose, en tremblant,
la baiser sur la bouche, pour la première
fois.

Quel baiser! quel éclat dans les yeux
de Procris! la pudeur et le plaisir les ferment. Ce n'est plus que l'esprit de l'a-
mour qui l'anime . . . . Dieux ! . . . Séladon ! . . . qu'une telle volupté. . . . . .
Comment? Tu recules. . . . et en colère ? . . . . .

Quel plaisir goûteroit, en ce moment,
tout autre . . . . que ton mari !

Un coup de foudre qui tue, abîme, réduit en cendres, pulverise, annihile le meilleur des maris aux yeux de la plus tendre des épouses ; une secousse qui fait trembler la terre jusque dans ses fondemens ; un ouragan qui bouleverse l'air, le feu et l'eau, l'Olymphe et l'Acheron n'est pas aussi terrible que l'est Séladon au moment qu'il disparoît, et que Procris retrouve son mari dans la personne de son Amant.

Que croyez-vous que puisse faire, en pareille occasion, une femme aussi tendre ? Parler ? . . . Elle ne dit pas un mot. Elle meurt de honte et de dépit, tandis que son mari l'accable des reproches les plus injustes. A quoi lui serviroit de se plaindre, à son tour, quelqu'autorisée qu'elle y soit, par une supercherie qui blesse la tendresse et la bonne foi. O vous ! Epouses tendres, qui vous sentez un peu coupables, croyez qu'un silence à propos vous excuse beaucoup mieux que tout ce que vous pourriez dire.

Procris lance un regard furieux sur son époux, et s'enfuit.

A peine est-elle partie, que Céphale se plaint d'une autre manière. Sa femme ne lui paroît plus infidèle. Il l'a trouve belle, aimable. Son imagination lui retrace ces nuits de délices, où elle l'avoit rendu égal aux Dieux. Céphale oublie bien-tôt que les beaux yeux de son épouse avoient souri à Séladon, et qu'elle lui avoit per-mis de sucer l'ambroisie sur sa bouche. Epoux trop emporté ! se dit-il à lui-même. Quel est donc son crime ? . . . Mais, elle me prenoit pour un autrre. . . . Ignores-tu donc le pouvoir de la simpathie ? Cruel ! ressouviens-toi de ce matin, où Aurore te paroissoit Procris. Sa chevelure dorée ne t'avertissoit-elle pas de l'illu-

sion ? N'étoient-ce pas tes desirs effrénés qui
lui prétoient seuls les charmes de Procris.
Ce n'est pas Procris qui s'efforçoit à se
faire illusion : c'est toi qui la trompois. Tu
as séduit ses yeux, et non son cœur.
Sous ces traits empruntés, elle te reconnoissoit. Ses regards se détournoient : ses bras
ne servoient que toi. Malheureux Céphale ! qu'a-t-elle donc fait ? La force de
la simpathie l'attiroit dans tes bras, et tu
l'en as punie. Maintenant tu en es privé,
et Procris est vengée.

C'est ainsi qu'il raisonnoit lorsque la
solitude et la nuit lui firent sentir combien
il étoit douloureux d'être séparé de Procris. Les desirs, la langeur le consument.
Pendant le jour, il cherche son épouse. La
nuit il se couche dessous un arbre. En
songe, il croit la trouver, l'embrasser, &c.
Le soleil reparoît : ce n'est donc qu'une

erreur ? Le voilà aussi furieux que Rolland.

En parcourant la forêt, Céphale rencontre par hasard la plus belle des Driades. Ses longs cheveux, plus noirs que le gès, flottoient sur des épaules d'albâtre. Sa robe retroussée jusqu'aux genoux, laissoit voir au jeune homme de quoi faire agir encore la simpathie. Cependant, il tâche de l'aborder sans paroître ému.

O toi ! lui dit-il, qui ne peux être que la sœur de Diane, découvre-moi le séjour de la plus tendre des épouses, dont je pleure la fuite ! peut-être s'est-elle associée, dans quelque forêt, à tes compagnes. Je te conjure, par tout ce que tu as de plus cher au monde, de me dire où elle s'est retirée. Par reconnoissance, je ferai placer ta statue dans mon jardin ; et chaque fois que le jour paroîtra sur

mon

mon horison, je m'enpresserai à la cou-
ronner de fleurs nouvellement écloses.

Il dit, se prosterna devant elle, et voulut embrasser ses beaux genoux. La Chasseuse s'en défendit par modestie, se dé-
gagea de ses mains en souriant, et lui répondit : mon état ne me permet pas d'ac-
cepter l'honneur que tu veux me faire.
Cesse de t'affliger. Je suis charmée que le
hasard me procure l'occasion de t'obliger.
Procris, que tu cherches, s'est mise sous
notre protection : elle s'est dévouée, pour
toute sa vie, au service de Diane, après
avoir juré de te fuir à jamais. Mais ta situation me touche ; tes larmes m'émeuvent.
Suis-moi, et tu la verras.

Céphale enchanté, se jette une seconde
fois aux pieds de la Driade, et lui fait
les protestations d'une éternelle reconnoissance.

Cependant Rosette le conduit par mille sentiers tortueux à la porte d'une grotte où les pampres, le chevre - feuille et le jasmin forment le plus agréable treillis. Comme son cœur palpite d'inquiétude et de joie ! qu'il lui tarde d'envisager sa chere épouse ! il demeurera prosterné à ses pieds jusqu'à ce que la bouche de Procris ait imprimé sur la sienne le sceau du pardon qu'il veut obtenir.

Entre là - dedans : lui dit Rosette, tu la trouveras sortant du bain, couchée sur un lit de mousse. En effet, Céphale la trouve ensevelie dans un doux sommeil . . . . . Dieux ! . . . . quel aspect ! . . . . L'affreuse Méduse l'a-t-elle pétrifié par l'un de ses regards ? Il est immobile . . . . . stupéfait . . . . La lumière qui change l'obscurité en un agréable crépuscule lui montre . . . . . Céphale, dis-nous, toi-même , ce que tu vis ?...... Un jeune homme qui reposoit sur le sein de Pro. cris !

O Maris ! vous ne savez pas tous pren- dre votre parti comme Dandin. Le pauvre Céphale ! son sang se glace ; ses cheveux se dressent. Il veut remuer les bras ; il veut crier ; mais la frayeur et la rage le privent de l'usage de ses sens. Il ne peut que fixer ses regards sur le jeune homme , et il croit . . . ô hasard ! ô nature ! il croit voir en lui un autre Céphale.

Il ne se trompoit pas. C'étoit Céladon , dont , n'a guère , il avoit emprunté, lui- même , la figure et les graces. Epoux abusé ! c'est par ta faute que tu péris. In- fâme jalousie ! maudit talisman ! quel Dé- mon t'a excité à tenter la fidélité de ta femme , sous la figure de Céladon ? Igno- rois-tu combien l'innocence est fragile ?

S ij

Voilà les réflexions que le répentir et les remords suggèrent à l'infortuné Céphale. A quoi se déterminera-t-il ? Ecoutera-t-il l'équité ? Ecoutera-t-il la vengeance ? La tendresse triomphe : il répand des larmes de douleur, jette un dernier regard sur son épouse, et sort.

Près de la grote, s'étendoit un petit lac, bordé d'une haye de mirthes. C'est-là que Céphale cherche la fin de ses tourmens. Livré au désespoir, il regarde, pour la dernière fois, du côté de la grotte ; il ferme les yeux, et se précipite dans les flots.

Que le destin est merveilleux dans ses dispositions ! les ténèbres de la nuit étoient tou-à-fait dissipées. Aurore avoit déja achevé sa course du matin, lorsqu'en tournant son char elle apperçut le petit lac où elle jugea à propos de se baigner. Elle descend, se débarrasse de son voile, de sa robe, de son corset ; et elle abandonne ses membres aux caresses de l'onde. Tu ne t'attendois pas, ô Céphale ! que ce seroit Aurore qui te rendroit les derniers devoirs, qui pourvoiroit à tes funérailles !

La chute du Chasseur avoit frappé l'oreille de la Déesse. Elle regarde, et reconnoît son ancien ami : il est prêt à rendre le dernier soupir. Elle oublie que Céphale est indigne de ses soins : elle n'envisage que le danger où il est. Elle nage vers lui, l'emporte dans ses bras sur le gazon naissant, et le réchauffe sur son sein . . . . Elle lui a déja communiqué un dégré de chaleur. Ses joues se couvrent d'un léger vermillon, et bien-tôt les baisers de la Déesse le rappellent entièrement à la vie. Céphale

entrouvre les yeux , reconnois Aurore ,
et retombe sur son sein , pour y mourir ,
non plus de désespoir , mais de reconnoissance.

F I N.

www.ingramcontent.com/pod-product-compliance
Lightning Source LLC
Chambersburg PA
CBHW071228260626

47162CB00004B/1466